少し不思議なカレーの物語

タケナカリー

少し不思議なカレーの物語

プロローグ

「貴方にとっての青は、私にとっての青ではなく、赤かもしれません」

これについて「色認識とは網膜を通して得る赤、青、緑の三原色情報を、錐体《すいたい》細胞が強弱をつけることで脳が何色かを判別するもの。だから人によって青が赤だということはありえません」と断定するのはとっても野暮天です。

だって「私」は信号機を使った例え話をしているのかもしれませんし、猟奇殺人者の心理状態を青と赤で表現しているのかもしれません。

あるいは、オーラの色を感じ取れる人達の会話かもしれないし、親密になった宇宙人との会話かもしれない。拡がります、拡がります、答えが一つではない可能性が答えを増殖させます。

これは答えと同時に余白が生まれるからです。余白は、問いに触れた者達を「何かを発見した気になっている状態」に導いてくれる。実はこの状態こそが幸せの原点ではないでしょうか。その発見について高揚したり、検証したりして、答えを作っていくこと自体が「たのしい」のです。「たのしい」の母は、余白です。

ですから「たのしい」は、本来、ずっと迷っていることです。絶対的な答えに近づいているかもしれないけど、辿り着いてはいない状態。しかし、この「たのしい」の仕組みを受容すると、一般的な幸せが揺らいでくるとも言えるのです。

例えば、生涯を通して取り組むべき問いを見つけた男が、何もかも賭して、もしくは、捨てて、その問いの答えを見つけるべく旅に出たとします。当然、期限はありません。敢えて言えば、答えに到達するまで、です。結果、その男は何十年も世界を彷徨い続け、誰にも看取られず野垂れ死にました。

さて、彼は幸せな死に方をしたのでしょうか？

さきほどの「たのしい」を基準にすると、この男こそが最高位の幸福者ということになります。充足した「たのしい」からの祝福に包まれて死んだはずです。しかし、本当にそうでしょうか？　むしろ、努力が報われず、孤独の中で、絶望の淵から抜け出せないまま死んだのではないか？

おそらく、ここには真理があります。しかし、この真理に辿り着くには、自分がそうなってみるしかありません。僕は強く前者であってほしいと願います。余白を追う者の不幸を認めたくはありません。

なぜなら、僕はカレーを通してその求道を歩んでいるからです。正確にはカレーに導かれていると言った方が正しい。僕はカレーに選ばれました。カレーという存在には意志があります。カレーが私に触れてから、僕の人生は一変し、充実したものになったのです。

困難が降り注ぐことも、徒労に終わるような数々の失敗もありましたが、それらを不幸とは捉えたことは一度もありません。それらを含めて「たのしい」のです。

ですから、読者の皆様にも未来に対して漠然と感じる孤独や絶望に臆すること無く「たのしい」を邁進していただきたいと思っています。

その一助として、僕はカレーに選ばれた日からの自分を振り返ってみることにしました。

この物語は僕がカレーに導かれた体験記です。

人間はカレーの媒介の為に存在し、カレーは順調に増え続けています。

媒介と言うと操られているように感じる人もいそうですが、それは悲観することではありません。

受粉と何も変わらないのです。

甘い香りに誘われて蜜をすすりに来る昆虫たちは、花を憎んだりしないのです。

目次

EPISODE 1

地下室の、和ッサム

【声】

料理をする生物は人間だけで、人間以外の霊長類は寝ていない時間の半分を咀嚼に費やしている。

人間は料理をすることで〝食べる〟時間を減らし、浮いた時間を進化にあてることができた。狩る生活から、定住の生活を選び、王を決め、国を作り、法律を定めた。そこから沢山の大きな戦争もしたが、文明を築き、飛躍的な寿命の伸長に成功した。

そして、人間はいつしか料理をする時間までを惜しみ、〝消化〟よりも〝消費〟を目的に生きるようになった。

私達にとって、それは非常に都合のいい現象だった。消費が主権を持つようになると、人間は様々な様態を求めるようになる。見たこともない何かを。それが故に我々は混ざり合い、変容し、多様な同胞を持つに至ったのだ。

しかしながら、現代の人間は、もうすぐ度を超えようとしている。需要と供給の発見に躍起過ぎるのだ。

世界中にモノは溢れているのに、人間達の欲しいものは増え続ける。常に何かが足りない。そして、とうとう現代では消費が承認欲求にまで結びついた。人間達は飽きることを、自覚なく忌避しているし、とにかく飽きられたくない。

食べ物が無くなれば死んでしまうというのに、なぜ人間は、ここまで膨れ上がった〝消費〟に恐怖を感じ得ないのだろうか。これは進化なのだろうか？　私達は人間を媒介にしないと拡がることができない。前にも増して、人間を私達に夢中にさせる必要がある。

今、車内から眺める地下鉄の壁を、僕はもったいなく感じている。停止信号が出て電車が止まって3分がたった。何もできず待ち続けるしかない空間で壁を見つめる。車内光が強いから自分の姿はそこに投影されない。この鉛色の壁に広告があったなら、なかなか効果がありそうだと考える。景観は乱すことにはならないだろうし、なぜ今まで誰も思いつかなかったのだろう？　慎重に考えを巡らせる。広告の保全が難しかったりするのかもしれない、すぐ汚れてしまう、とか。そう言えば前に地下鉄で酔っぱらいがホームに落ちて轢かれたら、トンネルの奥まで巻き込まれて大量の血が壁についていたと聞いたことがある。そういった事故の考慮だろうか。いや、単純に普通なら止まらないんだから意味が無いだけか。当たり前の結論にいたったと同時に電車が動き出した。

電車に揺られながら、ひどく空腹を感じていた。早めに昼飯を済ませてから何も食べていない。上野の立ち食い蕎麦屋でかき揚げ蕎麦を食べたっきりだ。

僕は食事に時間をかけない。如何に効率的に食事が摂れるかを重要視して生活をしている。美味しいものを食べるのは好きだけど、それは僕の中では殆ど娯楽に近い。例えば、恋人や友達と会って食事をする時に、料理が美味しくなかったら問題だ。そこは否定しない。「まずーい!」で盛り上がるわけがないし、僕だって初めてのデートで「ここのカルボナーラは濃厚で美味しいね」くらいの会話ができる食事を望む。

でも、本当に美味しい食事って、そういう時だけでいいと思うのだ。一人でいる時なんて、そこまで食事に時間をかけられない。常にやるべきことはあるのだ。今晩の僕は、広告代理店から相談されている2ヶ月後のキャンペーン企画の提案をブラッシュアップしなくてはならない。どう考えても提示してた予算を上回ってしまうから、SNS絡みの広告出稿を減らすとか調整する必要がある。だが、今日はあいにくの水曜日でNO残業dayだから、結局、家に持ち帰ってきた。仕事もしつつNetflixで「BLACK MIRROR」の続きが見たいので、さっさと食事を済ませたい。

とにかく、食事が美味しいのは、誰かとセットの時だけでいい。あとは普通でいいんだ。普通ってのは、ハンバーグの味でいうと、なんとなく頭の中にあるデミグラスソースの味だ。それに沿っていれば別に劇的に美味しくなくていい。その料理の「イメージの味」にハマってくれていれば、もうそれで十分だ。

僕にとって食事は、もう圧倒的にコスパ。それでしかない。最も重要なのは、どれだけ時間を無駄にしないかだ。その後にコスト、味が同点くらいの価値基準だ。そういう意味でコンビニやスーパーの惣菜コーナーの弁当はやっぱり無敵と言える。帰り道にちょっと寄れば買えるし、温めるだけだ。PCで作業したり、テレビを見ながら食べられて、そのまま捨てることもできる。容器を洗う必要がないってことは、かなり魅力的なことだ。家事の時間削減にまでつながる。もちろん、身体に悪いのは困るが、コンビニ弁当の食べ過ぎで死んだって人いないだろう？　現に僕は健康な状態を維持している。結局のところ過剰に反応している人が一部いるだけなんだ。過剰な心配に振り回され、添加物を調べるのに時間を使うなんて愚か以外の何物でもない。

企業でも同じようなことが言える。僕は英語が得意なわけではないし、外資系企業の経験があるわけでもないが、その視点からしても、日本企業の中途半端な姿勢には辟易とすることが多々ある。もっと選択と集中が必要だ。今の変化のスピードに上座にいるおじいちゃんたちがついて来れるわけがない。近年の牛歩経済は、老害による〝今じゃない、様子を見よう〟からくる弊害だ。こんなやつらに決定権を与えるからいつまで経っても何も変わらない。トライ&エラーが何よりも必要なんだ。新しい技術を取り入れて、どうやって多様化するユーザーの消費意欲に応えるか、ここに注力しないと日本は後進国になる。

電車が家の最寄り駅の中目黒に着いた。ドアが開くと目の前には改札へ降りるエスカレーターが出現する。僕は並ばずにスムーズに改札に行けるように、いつも計算して電車に乗る。帰りの電車は、いつも日比谷線の4号車で、5号車寄りの一番左側のドアが完璧だ。この習慣があるから、僕は降車してからの混雑に巻き込まれず、悠々とエスカレーターを降りて改札を抜けられる。

改札を出ると右に曲がって、高架下を歩く。大手飲料メーカーが経営しているワインがメインのリカーショップを外から覗き見る。いつも試飲を進めてくれる赤毛が可愛らしい店員と目が合うが軽い会釈をしてやり過ごす。僕はワインを飲まない。美味いとは思うが圧倒的にコスパが悪いからだ。僕は、ここでハイボール用の角瓶か、1・8リットルパックの芋焼酎を買っている。これが最適解。安い酒は頭が痛くなるし、ビール、ハイボール、サワーなんかを缶でずっと飲んでるより遥かにコスパがいい。でも、今日は買うべきではない。明後日は日曜のポイントデーで3倍のポイントがつく日なので、それまで待つのが正解だ。

食事は東急ストアの惣菜コーナーで弁当を買うこともあるのだが、今日は帰りが早いので消費期限間近の値引きが期待できない。寄るのは時間の無駄だ。

少し歩いて、商店街の入り口にあるファミリーマートに入る。惣菜コーナーで、かつカレーと棒々鶏チキンサラダを、酒類コーナーではハイボール350㎖を2缶手に取る。カレーは温めなくていい、飲み物のビニール袋はいらない、Tポイントもいらないと東南アジア系の若い店員に伝え、ハイボールの1本目はリュックのサイドポケットに、2本目は手に持ったまま店を出る。

歩きながらプシュっと従事からの解放を告げる音を鳴らす。グッと一口あおる。家での残務処理はあれど、一区切りつけるのには必要な儀式だ。ここから商店街の終わりくらいまで歩いて、左折して300メートルほど坂を上ると我が家に辿り着く。10月も末に近くなったが、まだ暑さが残る。温暖化というが確かに最近は体感として季節外れの暑さを感じるようになった。晩秋という言葉はいつを指すことになるのだろう。きっと家につく頃にはしっかり汗をかいているはずだ。歩きながらハイボールを片手に今日あったことを振り返る。

僕の名前は竹中直己《なおき》。株式会社デジタルハグというインターネット広告を取り扱うベンチャー企業のセールス・マーケティング部に勤めている。いわゆる企画営業だが、僕はお金まわりの管理だけでなく、キャンペーンの企画にも口を出して提案する。移り変わりの早い業界なので、だいたい3年くらいでトレンドがガラッと変化するが、僕の会社はセミナーやエンジニア同士の勉強会などを積極的に行っている。牽引する側の立場だと言っていい。柔軟に対応することでも定評があり、メーカーから直接相談されることもあるし、広告代理店と組んでキャンペーンを提案することもある。

僕自体の業務成績も今のところ問題はない。外資系の電化製品メーカーと1年の契約になるであろう受注が取れたばかりだ。入社して6年。段々と任せられる案件が大きくなってきていて、とても充実している。

ただ、今日はちょっと悲しいニュースがあった。次の四半期決算が終わると、今の上司である笠井さんが人事部に異動になることが決まった。本人が希望してのことだが、僕としては少し淋しい、というか不安だ。笠井さんは基本的に甲斐性のある人で、部下のやりたいことをやらせてくれる人だ。ケツを拭く準備は出来ていると言わんばかりに「どうやったら客が笑いながら発注できるか考えろ」というのが口癖で、大手広告代理店からの転職組だ。

学生の時にラグビー選手だったと聞いたが、身体がデカい、というか厚い。ついでに顔がとても怖い。ティラノサウルスみたいな顔をしている。最初は強引な印象があったので、できるだけ近寄らないように距離を置いていたが、僕がクライアントに出した提案書を見て、向こうからデスクまで来てドスの効いた声で話しかけてきた。

「おまえが作ったこの企画書、自分でおもしろいと思ってるか？」

それは車メーカーとアウトドアブランドで協業してキャンプ場近くの温泉巡りキャンペーンをするべきだと書いた企画書だった。別の部隊にプランナーやディレクターはいるが、僕は自分が思いついた企画は自分で書く。クライアントがやりたいって言えばいいんだから、誰が書いたっていいはずだ。この企画は2社の潜在顧客が似てる気がして提案した。

笠井さんが無茶苦茶怖かったけど、どうにか本音で話した。

「お、思ってますよ。というか、おもしろいって色々ありません？　突飛に見えるかもしれませんが、一石二鳥で理にかなってると思います。クライアントの意向にも沿ってますよ」

「わかった。自分らしさが有るようで、無くていい。よし、おまえ、ちょっと手伝え。」

その日から、このティラノサウルスからちょくちょく声を掛けられるようになり、組織変更で同じ部署になり、ついに直属の上司になって1年半が経つ。マッチョな代理店出身者なくせに、お父さんみたいなところがあって、たびたび普段の食生活やら睡眠時間を注意してくる。そこはちょっと鬱陶しくはあるのだが、正直とても仕事はしやすい。社内でのネゴシエーションは笠井さんが全部やってくれるし、仕事をぶん投げてくるタイプでもないので、企画の詳細を詰めていく際は非常に頼りになるのだ。コンペの勝率も良かった。特に今年の決算前の駆け込み案件では大変な成果を上げて表彰もされた。上司と部下であるがお互いが信じ合える理想に近い関係。そんなところだ。

だが、その頼れる上司が、人事部に異動した。しかも自分で志願して。いつからか酔いが回ると異常に発達した犬歯を剥き出しにして「自分が目立つよりも、もっと若い奴の面倒がみたい」と柄にも無いことを言うようになっていた。相変わらず顔は怖いけど、会話が円くなったのだ。僕には全く理解できない感覚だが年を重ねると、やりたいことが変わるのだろう。

馬が合う人だったので残念だが、新部署でも頑張っていただきたい。そこはいいんだ、僕にとっての本当の問題はそこではない。僕が一番恐れているのは、笠井さんのポストに上がる、つまり昇格してしまうということだ。笠井さんはセールス・マーケティング部隊の3チームを束ねる立場だったのだが、笠井さんが抜けて僕が昇格すると、あの西田の上司になるということを意味する。

西田陽介は新卒から入社して3年目だ。僕は何故こいつの入社を人事部が許したのか心から問いたい。過去のプロジェクトで僕のアシスタントとして西田が入ってきたことがあるが、とにかく酷かった。ミスというレベルでは済まされないミスを平気でやってのける。

例えば、メールの宛先を間違える。違う会社にだ。春商戦の大事な時期にチームで考え出した努力の結晶ともいうべき見積を、まさかの間違えで、過去に担当したクライアントに送ってしまったりする。鈴木様とか、佐藤様とかよくある名前で間違ったとかならまだわかるが、この時は磯辺様と長谷部様で間違えた。漢字って象形文字のはずだ。何故、表音文字みたいに響きで間違えることができるのか。しかも、自分で気づくということが全くなく、誰かに指摘されて初めて気づく。そうなると血管が浮き出た真っ赤な顔で、涙を目にいっぱいに溜めながら謝ってくるのだが、またすぐに同じようなミスをする。

言われたことだけをやっておけばいい局面でも、謎のアレンジを加えたりする。以前に簡単なキャンペーンページのアクセスデータを半年分まとめてくれと頼んだ。うちの会社ではアクセス解析はエクセルか、Googleのスプレッドシートで作る。インターンの学生にちょっとやり方を教えて同じ依頼をした時は、1時間くらいで終わった。西田は6時間もかかって、パワーポイントで作った資料をPDFデータにして送ってきた。僕は、そのP

DFデータから数字を拾って、エクセルに反映しながら日本の雇用システムを呪った。

それと西田は優柔不断だ。ランチでメニューを決めるのに人の倍時間がかかる。生姜焼き定食を決めるのにも、店員を呼び出して「こちらの生姜焼きは、厚切りロース派ですか？それとも、薄切りのバラ派ですか？」なんてくだらない質問をするくらいだ。そんなのどっちでもいい。さらに極めつきは、迷うだけじゃなく、食うのまで遅いってとこだ。このときは、聞いてもいないのに、自分の趣味である多肉植物の栽培についてまで話しはじめた。霧吹きでいかに適度に水をやるのかが重要だとか、そんな話が長いこと続く。全く興味がわかず、適当に相槌を打ちながら僕が食べ終わった頃、西田の生姜焼き定食は、まだ半分以上残っていた。こいつを昼飯に誘うのはもう止めようと強く思った。それ以来、一緒に飯に行くことはなくなった。

とにかく、西田には生産性が無い。それでいて、残業が多い。おそらくあれはわざとだ。わざと残業して必死にやってますアピールをしている。どうやって笠井さんはこんな奴の上司を続けてこれたのか？　あからさまに僕が西田のことを嫌っているので、西田から僕に話しかけてくることはないが、成績と順番的にいうと西田の面倒を見るのは、おそらく僕になる。信じられないくらい憂鬱だ。

商店街の奥の方からビューと風が通り抜けた。ハイボールの炭酸が少し抜けて、ぬるく感じられる。一気に飲み干して、空き缶はリアルゴールドの占有率がやたら高いコインランドリーのゴミ箱にそっと捨てた。自宅で空き缶が溜まっていくのが嫌なので、飲みながら帰る時は、いつもこっそりとここに捨てている。だが、ここで今日は、いつもと違うモノに気づいた。

ゴミ箱の上に、鞄がある。

使い込まれているが、取っ手と縁が革張りで、ボディは品のいい光沢あるナイロンでできている。イタリア製のオロビアンコとか、そんな感じの鞄で高級そうだ。ジッパーが開いていて書類がちょっぴり見えている。

〝検査報告書　病院名：銀座グリーンクリニック　カルテ№：000011965 氏名 高橋文雄〟と書いてある。さすがに、これはまずい。個人情報でも最高機密にあてはまる内容だと容易に予想できた。ここは、見なかったことにして帰るべきだろう。僕は、これから書類をまとめなきゃいけないのだ。ただでさえ、警察に届けたりしたら、とんでもない時間を食うことになるし、内容的に機密情報の誓約書を書けとか言われたりするかもしれない。

一人で手を合わせ謝って、踵を返した。

が、今度はコインランドリーの床にも書類が数枚落ちていることに気づいてしまった。鞄の開いたジッパーから顔を覗かせる書類とは色も大きさも違うが、明らかに医療関係の書類だ。チェック項目らしきものがあり、これもまた検査報告らしかった。

〝ウイルス性肝炎検査チャート　医療法人社団ＪＪＣ　銀座グリーンクリニック

担当：ツカモト ヨシシゲ 先生 カルテNo：000011966 氏名 クドウ アキラ〃

さっきの書類とは病院名が一緒なのに、患者名が違う。最初は動揺して意味がわからなかったが、すぐに答えがひとつしかないと気づいた。これは、この銀座グリーンクリニックの医師、もしくは、医療従事者の鞄だ。盗まれて犯人が金目のものだけ抜き取って捨てたか、酔っ払って置き去りにしてしまったかわからないが、それしか考えられない。

こうなってくると、話が変わってくる…… 誰かの弱みは、誰かの利益！

iPhoneを取り出して「銀座グリーンクリニック」を検索する。診療項目は、内科、消化器内科、心療内科をメインにして自費診療でアンチエイジングや腸内環境改善、遺伝子検査などなど。よしよし。高額な自己負担治療にも力を入れている。金は絶対にある。院長は塚本善重。カルテの医師名と一緒だ。見た目は多毛で若く見えるが、50歳は超えているだろうか。忘れ物か盗難かは知らないが、どちらにしろこの病院は患者の情報をぞんざいにした。僕は情報漏洩を未然に防いだ功労者になるわけだから多少の謝礼金をもらってもいいはずだ。

酔いの入り口くらいにいた頭が、一瞬で冷めた。鼓動が早くなる。まずは冷静になろう現状を把握するんだ。あたりを見回す。奥から入口に向かって、監視カメラがある。コインランドリーには下着泥棒が寄り付くと聞いたことがあるので、おそらく見せかけだけの偽物じゃない。動いていて僕の姿が映っているはずだ。この時点で僕に残された選択肢は

警察を通して銀座グリーンクリニックに連絡をつけるという一択のみになる。直接連絡をとって「失くした鞄に入っていた患者の情報を預かっている、コピーも取ってあるが、現金さえいただければ口外はしない」などと言っても、こちらの方が分が悪い。相手が金を払ったとしても、あとから、こっそりと警察に被害届けを出されたら非常に困る。おそらく恐喝罪になる。遺失届でなく、恐喝の被害届が出されたなら警察は動くだろう。そうなったら終わりだ。

しかしだ、逆を言えば警察という公的な機関を通した上での連絡であれば、全く問題ないはずだ。

鞄の中身の内容については警察が保証してくれるし、僕は善意の第三者だ。警察に拾ったと持っていき、発見した状態を包み隠さず話す。そうなると、落とし主からの謝礼は筋だし、拾ったものは患者の個人情報だ。むしろ払っておかないと先方も気持ちが悪い。では、ここでその最大利益を狙ってどう着地させるか？

すぐにアイディアの神様が降りてきた。思いつきだが悪くない。おそらくポイントは、直接会うということだ。大事なのはここ。駆け引きをするなら、警察が関与しないところで直接会うしかない。ここでは、とにかく会うことを選択する。会社が近いでも、嫁が口座を持ってるから手渡しを希望でも、なんでもいい。

そして、直接会った際には、こう言うのだ。

「謝礼金を一方的にもらうのは、ちょっと違うなぁと思ってて。でも、鞄に見られたくないモノが入ってたのは理解してます。で、考えたんですけど謝礼金の代わりに僕の営業成績を少しだけ助けてくれませんか？」

銀座でこの手の自己負担治療を推しているクリニックだ。検索ワードに合わせて出現する検索連動型のインターネット広告には絶対に金をかけている。簡単に言うと、薄毛で検索すると、薄毛治療の広告が検索結果の脇に出てくるあれだ。自分がそういった広告の会社に勤めていることを伝える、そして、決して損はさせないので、そういった広告の中身、つまり記事広告を作らせてほしいと伝えるのだ。

実績はあるし、けっこう可能性はあると思う。それが成立したら、この記事広告制作を僕が懇意にしている会社に発注する。ここで僕は初めてお金を得ることができる。つまり、ここで裏金を作るから、今回の謝礼金はいらないというわけだ。いくらか欲しいかは僕が決めて、初期費用と月額費用に乗せればいい。契約が続く限り1ヶ月数万円のキックバックも可能だろう。一回しかもらえない謝礼金より、全然いい。

ここまでは、よく整理できた。よし、鞄に触っても大丈夫だ。今から警察に届けるのだから問題ない。わざとカメラから見えるように鞄を掴んでやった。

そして、わざとらしくカメラから見えるように鞄の中に財布や某かの会員カードなどが入っていないか探す。鞄の中からは書類と名刺ケースが出てきた。名刺ケースには銀座グリー

ンクリニック 院長 塚本善重と書いてある名刺が10枚くらい入っていた。まさかの院長の鞄だったとは。このアホな院長と直接やりとりするようになるんだなーとカメラが回っているのにニヤニヤしてしまう。

　早速、警察だ。駅前の派出所には警察官がいたはずだが不在の可能性もある。少し遠いけど目黒警察署に行こう。それなら一度帰って、自転車に乗ったほうが早い。いやいや、ハイボールを飲んだばかりだ。落とし物を届けて、飲酒運転で逮捕されるって皮肉なコントは見たくない。苦笑いしたい気持ちを抑えて、床に広がっている書類を拾う。コインランドリーの床自体は意外にちゃんと清掃されていることに気づいて、日本人って、こういうところちゃんとしてるよなと妙に落ち着いた気持ちになった。大げさにカメラの方を意識して書類を鞄の中に入れた。あくまで善意のよう

に。その時、書類の間に分厚い封筒が挟まっているのに気づいた。開けると1万円札の束が二つ入っていた。この後、警察署でわかることになるが現金200万円だった。

あまり眠れなかった。起きて鏡の前で昨日あったことを、思い起こす。

封筒の現金を目にした時は、よこしまな気持ちよりも純粋に危険だと感じる方が先だった。鞄に入れておくには大金過ぎる。警察に届ける間に何かあっても困るので、その場で警察を呼んだ。しばらくして、メガネの警察官が2名到着し、目黒警察署にパトカーで同行して、状況説明後に連絡先を伝え1時間くらいで開放された。家に帰って、斜めにしすぎて片寄ってしまったコンビニのカツカレーと棒々鶏サラダをぬるいハイボールで流し込むようにして食べた。そこからスマホで改めて、銀座グリーンクリニックを調べているうちに横になって寝てしまったのだった。

何かしら病院から連絡があると警察に言われて、名刺と携帯番号を置いてきたのだが、事が事だけにすぐにでも電話がくるだろう。そっちはもう何か考えてもしょうがない、なるようになる、だ。それよりも自主的自宅残業の予定が、こんなことになってしまったので会社で資料作成をする時間を午前中につくる必要があった。午後2時に提出なのだ。

いつもより30分早く家を出る。出社の電車の中で変更が必要な数字の項目を洗い出しておいた。一番効率的な作業の算段をとる。会社につくと、すぐに笠井さんに「今日は早いな、ちょっといいか？」と声をかけられた。笠井さんはいつも出社が早い。挨拶を返したが、忙中の雰囲気を悟ってくれたようで「後で空いたらでいいわ」と左手を上げながら背を向け去っていった。優先すべきことをわかってくれる上司は貴重だ。資料の修正を急ぐ。1時間半程度で資料の調整が終わった。あとは全体の体裁を整えればいい。と、その時だった。

「竹中さん、ちょっと時間いいですか？　年末キャンペーンの提案で一緒のチームに……」

声の主は、西田だった。もう声を聞いただけでもイライラするし、モゴモゴして何を言ってるかわからなかった。僕は怒鳴った。

「今、俺は忙しいんだわ!!　見てわかんねーかな！」

西田は聞き取れるギリギリの声で「すみません」と呟いていなくなった。後ろ姿が被害者面してる気がしてさらに腹が立つ。でも、今はそんなことにかまってる場合じゃない。あと30分で終わらせて、それから内部チェックまで済ませたいのだ。

すると今度は携帯電話が鳴った。番号を確認するとメモリーに入っている番号ではなく、03から始まる番号だ。もうなんなんだ！　こんな忙しい時に限って！　フリーダイヤルじゃない保険の営業とかだったら叱りつけてやる。

「はい！　デジタルハグ竹中ですが！」

「あ、竹中さまの携帯電話でよろしかったですか？　目黒警察署です。鞄の持ち主が見つかりました」

「え？　あ！　すみません。もう見つかったんですね。ああ、そうですか」

「はい、竹中さんは謝礼を受け取る権利を放棄しなかったので持ち主に竹中さんの連絡先を開示したところ、ここでお話したいとおっしゃっているので、今お電話を変わりますね」

警察官の、はい、どうぞ、と小声が聞こえ、しばらく間があってから初老の男の声がした。

「この度は鞄の件で大変なご面倒をお掛けしました。グリーンクリニックの塚本と申します」

今回のお粗末な事件を引き起こすような人間性を微塵も感じさせない堅調な喋り方と声だった。もっと悠々と応えるつもりだったが、面食らってしまった。

「あ、どうも、えーと、竹中です」

「竹中さん、本当にありがとうございました。あれは僕の鞄なんだけど電車の荷物棚に置いたのを忘れてしまいまして。慌てて東京メトロに電話したりしたんですよ。でも、届いてないって言うし、本当に不安で、不安で。でも貴方が見つけて下さった。いやはや、助かりました」

「とんでもないです。たまたま見つけただけですよ。鞄はお手元に戻ったでしょうが中身は全て無事でした？」

「はい、おかげさまで紛失した時のままです。何も不足はありませんでした。なんでもコインランドリーにあったそうですね。犯人は中身を見て怖気づいて捨てたんでしょう。警察から発見当時の状況は聞きました。でね。竹中さん、お礼をしたいんです。少ないんですが謝礼金をお支払いしたくて」

「え？　あー、そうですか、なんか悪いな。そんなつもりじゃなかったんですけど」

「いや、受け取って下さい。腹を割って話すとですねー」

会話は一旦遮られた。受話器の向こう側ではまわりの様子を確認している気配がした。

「盗まれたとはいえ、やっぱり患者さんの情報なんかも入っていましたから。今回の件は口外しないで欲しいんです。それも踏まえてお礼をしたいと思っています」

ははは。想定どおりだ。

「あ、まー、そうですか。まあ、一度お会いしましょうよ。たぶん、お互いその方が気持ち悪くないと思いますよ。僕、伺います。ちょうど明後日ですが銀座の方に予定がありま す。ご都合はいかがでしょう？」

「気持ち悪い？　それはどういう意味でしょう？　鞄の中身はどれくらいご存知なんですか？」

ギクリとした。この男は今、警察署からこの電話をかけているのだ。いや、落ち着こう。

警察には包み隠さず話している。知っているのは何名かの診療カルテが入っていたことと現金200万円があったってことだ。カルテの名前なんかは覚えちゃいないし、紐づく病名も知らない。

「いや、他意はないですが、患者さんのカルテが入ってたら、そう思わないですか？」

「そうか。そうですね。失礼しました。ちょっとナーバスになってましてね。それでは明後日の私以外の医師が診療している14時はいかがですか？」

「スケジュール空いてます。承知しました」

「ご足労いただき恐縮ですが、宜しくお願い致します。それでは、ごめんくださいませ」

電話の切り方がやけに古風だった。やっぱり塚本院長はウェブサイトの見た目よりも大分年上なのかもしれない。それにしても気持ちいいくらい順調に進んでいる。よし、資料をさっさと終わらせて、塚本院長との交渉について明後日の段取りの確認をしよう。バズルート社にも医療系の広告お願いするかも？くらいでジャブっておこうか。

資料は13時に完成しチーム内での確認も終わって14時にはクライアント展開できた。レスポンスもすぐあり、来期の広告出稿も無事に決まった。またも安定的な営業成績である。パーッと仕事も終わったので、今日は残業せずにさっさと帰ろう。昨晩見損ねたNetflixを見なくてはならないのだ。

「竹中ー、手空いたの？」

振り返ると笠井さんだ。出社してすぐ声を掛けられていたのをすっかり忘れていた。

「すみません。提出終わりました。今朝の件ですね、どうしたんすか？」

「うんとね、もう西田から話があったと思うけど、西田とアパレルＥＣの年末キャンペーン案件を組んでもらうことになったからな。三嶋商会が日本の代理店やってるアウトドアブランド。嫌がってもダメだぞ、おれ、再来月から人事部だし、順番的にお前が上司だ。もう観念しろ」

「え？　西田からなんも聞いてないですよ。あいつ、また大事なことを言わずに。腹立つわー」

「とりあえず、西田と話せよ。あれ？　肝心の西田がいないな？　トイレか？」

西田は二つ隣のシマだ。たしかにデスクを見回してもいない。西田と同じチームのミヨちゃんと目が合った。僕と同期入社のちょっと恰幅がいい女の子だ。彼女が「西田探してる？」と言わんばかりに西田のデスクを指差しながら首を傾げ、目を見開いて口をへの字にした。僕がうなずくと、こっちまで来て「風邪で早退されました」と教えてくれた。そのゆっくりとしたトーンには憂慮は無く、明らかに西田に手を焼いているのがわかった。

二日後、10月28日。午前中に架空のアポを入れ、午後の銀座グリーンクリニックでの打ち合わせは家から直行した。こっちは本当の商談にするつもりなのだから問題あるまい。日比谷線の出口から銀座一丁目を目指す。歩いているといろんな考えが浮かぶ。ふと、独立みたいなことも有りかなと思うにいたった。今の先進国の経済というのは、どのような消費ニーズに応えるか、ということが求められている。何が欲しいか？はみんな一緒じゃない。一人一人の欲しい物は個別化される傾向にあって、しかもそれは加速している。だから単純に高級車が欲しいなんて時代ではない。もっと痒いところに手が届く会社が求められる。そうじゃないと淘汰されるのだ。欲しいものは常に変わり続ける。増え続ける。それを先回りして応えるのがこれからのビジネスだ。

塚本院長とうまく話がまとまるかは置いといて、今回みたいな件が無くても顧客として知り合っていれば、満足のいく成果を今の会社の定価よりも安く提供できるだろう。僕はニーズに応えることができると思う。そもそも僕が独立して会社をやっていれば、裏金みたいなせこいことを言わず堂々と仕事を謝礼金の代わりにいただくということが成立するのだ。うちの会社は一部副業が認められるようになってきているが、業務内容が重複するようなことは認められていない。転職も視野に入れるか、とここで、歩きすぎていることに気づいた。Google mapで目的地を確認すると1ブロック越えたところに自分がいる。銀座は碁盤の目みたいになっていて、たまにこういうミスをしてしまう。振り返って戻ろうとした時に、ビルの通り抜け口に見たことがある強面が通り過ぎた。笠井さんに似ている。なんでこんなところにいるんだろう？　ビルを抜けて追う。すぐそこにいてもおかしくない距離のはずだったが、銀座通りには笠井さんのようながっしりとした人影は見当たらなかった。見間違いか。探す時間も必要もないので銀座グリーンクリニックに向かった。

銀座グリーンクリニックはバロック様式みたいな品のいいビルの5階にあった。1階には婚約指輪で有名なジュエリーブランドが入っていて、3階と4階には審美歯科と美容整形外科が看板を掲げている。そうでしょうねという感じのラインナップだ。今は中国人やら韓国人が顧客として多いらしく、それぞれの言語でサインがエレベーターホールには書いてあった。ウェブサイトの多言語化はもちろん、それぞれの国の言語でサイト施策をすると結果が出るだろう。銀座グリーンクリニックが欲しい提案かはわからないが、こういう提案も医療業界には効く気がする。

5階に到着するとワンフロアでいきなり病院の窓口だった。そんなに広くはなさそうだが、新しく、待合いのソファーに重厚感がある。そのソファーには身なりがいいスーツ姿の男が2人座っていて、知り合い同士でもなく患者のようだった。

受付には若いショートカットの女性が担当していた。さほど僕と年齢は変わらないだろうがアシスタントというよりは、凛としていて社長秘書でした、みたいな雰囲気が強い。

「塚本院長にお約束いただいたデジタルハグの竹中と申します」

飛び込み営業でないという圧を存分に出しながら名乗った。

「竹中さまですね、塚本よりアポイントメントの件、伺っております。ご案内致します」

びっくりするほどの満面の笑みで案内してくれたが、こちら側が不相応で居心地の悪さを感じる。前に弁護士事務所の仕事をしたことがあるが、雰囲気が近い。富裕層向けのサービスって共通するのかもしれない。

廊下を進むと、診察室が2つあってミーティングルームの向かいの部屋からは手術台が見えた。廊下は左にも続いていて、さらに奥にも部屋がありそうだった。思ったよりも広い。受付の女性が右手の院長室と書いてある部屋をノックすると「はい、どうぞ」と返事があった。

「塚本先生、竹中様をお連れしました」

ウェブサイトでみた写真は温和な印象だったが、神経質そうな顔をしている。院長室には木材と無骨なアイアンアームの机と、黒い革張りの椅子でまとめられた打ち合わせスペースがあり、そこの椅子に座るように手で促された。すぐに受付の女性は冷えたペットボトルのお茶を出してくれて、一礼して下がった。院長はそれを確認するように目で追い、ドアが閉まったところで喋りだした。

「この度はありがとうございました。いやはや情けない。あの日は酔い過ぎた。完全に私の不注意です、本当に助かりました。ご理解いただけていると思いますが、誰にも言えないような話です」

「そうですよね。いや、しかし、盗まれるとは災難でしたね」

そりゃそうだろうよ、と心の中で失笑した。大病院じゃなくても医療データだ。なんで持ち出しなんかしたんだろうか。一笑を表に出すのもおかしい気もして、適当な言葉がでなかった。こんな間抜けを選んでしまった患者への憐憫が表情に出ないように気をつけて続ける。

「とにかく拾ったのが僕で良かったです。で、謝礼についてですがいただかなくて結構です。その代わり、僕の営業成績を少しだけ助けてくれませんか？」

「営業成績？　どういうことですか？」

「私の勤めるデジタルハグという会社はインターネット広告を主幹事業としていまして、今ちょうど医療業界向けに記事広告をつかったウェブ施策を提案しています。もちろん無理にとは言いませんが、お試しでもいいのでお願いできませんか？　こちらのクリニックがインターネットでの施策を既にされているのは存じ上げてますので、比較していただいて成果が出なければ止めていただいて構いません」

「なるほど。その辺の仕事は担当がいまして私はさっぱりなんですが、いいですよ。そもそも、こんな状況じゃ断れないでしょう。その代わり公言は控えていただいて、もちろん成果があったらその広告は続ければいい」

　話がわかる人だ。医者の中でもビジネス的な感覚に長けているタイプかもしれない。長居は無用だ。大概はこういう業態は広報とか、営業部とか、マーケティングとか、そんな肩書きの社員がウェブ広告を担当して広告代理店に丸投げしている。さっさとそいつを召喚させよう。

「いやー、変なご縁ですが、宜しくお願いします。早速ですが実際に記事広告を作る制作チームと次は打ち合わせに伺います。ご都合はいかがでしょう？　来週も今日と同じ曜日と時間でいかがですか？　もちろん塚本先生がご担当ではないと思いますので、最初だけご出席いただければ、問題ございません」

「そうですか。営業担当が広告をまとめてましてね。来週か。ちょっと待って下さい」

結構、高齢だと思ったがスケジュールをiPhoneで管理しているのは意外だった。やっぱり今の医者はデバイスでデータを扱うから、スマートフォンのアプリにも抵抗が無いのかもしれない。でも、だったらなんでわざわざあんな紙のカルテを持ち歩いてたんだろう？　いや、不動産屋とかも結局、紙の契約書だし同じようなもんか。

「来週は駄目だな。ごめんなさい、あ、でもそうだ、ちょうど、担当は中村って言うんですけどね、彼女と来週月曜か火曜の夜に晩飯を食べようって言ってたんですよ。その時に一緒にいかがです？　ご都合宜しければ」

会食は面倒だし、実務を早く進めたい。

「せっかくですが、会食は別の機会でもいいでしょうか？　入稿を少し早めると今ならお安くできるんです。先生がお忙しいようでしたら、ご担当の中村さんだけでも大丈夫ですよ」

「いや、中村の紹介は私からしっかりとしておきたい。最初は制作チームって人達はいらないんじゃないかな。竹中さんだけでいいですよ。それに、その次の週は私が大阪に出張でいないんです」

面倒だが、そう言われれば仕方ない。関係をしっかりと作っておかないと安心しない年齢でもある気がした。

「そうですか、そういうことでしたら承知しました。ちょっとお待ち下さい」

iPhoneでスケジュールを探るとどちらも夜の予定はなかったが、火曜の午前中に定例ミーティングが入っていた。資料作成の可能性があるので月曜の夜はやめておこう。

「来週ですと火曜の夜なら空いてます」

「よし。決まりですね。場所はオペラシティがある初台です。駅からそう遠くないので、七時三十分に新国立劇場の入り口前で待ち合わせましょう。もし迷ったりしたら、この名刺の携帯電話にかけて下さい。ちょっと変わったカレー屋さんがありましてね。お礼もしたかったし、ちょうどいい。あ、バックを失くした件は中村にも秘密でお願いします。何かご質問はありますか？」

「承知しました。では宜しくお願い致します。質問は、今後のこともあると思うのでお聞きしたいのですが、こちらのクリニックでは今後はどういった分野を専門にされているのですか？」

一応、真面目な質問も一つしておこう。実際、記事広告をつくる上でのイメージが必要だし、パッと見は何を推しているクリニックなのかわからなかった。

「腸内環境と精神疾患との相関性について、とでも言っておこうかな。昨今はようやく注目されるべき研究分野になったが、治療まではなかなか浸透していない。腸内が宇宙であるという証だがね」

　塚本院長は鋭くも僕の身体に鉄塊を飲ませるかのような語気で言い放った。あの失態とどうも結びつかない。が、酒に酔うと人は変わるということだろう。

「あ……そうなんですね、腸内の。はい、承知しました」

「ちょっとわかりづらかったですね。最近、腸のヒダヒダが元気になると鬱にも効くと言われてます。大きく捉えるとその辺の研究と治療です。健康な人の大便をフリーズドライにしてカプセルに入れて飲むと、腸内環境が良くなって様々な病の改善にもつながるなんて治療もあるんですよ」

　死んでもやりたくないが、ニーズがあるんだろうな。この医師と話していると、どうも調子が狂う。とりあえず今日のところはもういいだろう。お茶を一口飲む。まだ冷たい。ノートPCを開けることもなく、僕は院長室を出て、受付に一礼してクリニックを出た。変な打ち合わせだったが、終わってみれば何の問題も無く、うまく出来すぎと言っていいくらいこちらの要求通りになった。正直、ちょろい。さっきまで隠していたからか、気づくと薄い笑顔の自分がクリニックのエレベーターのミラーに写っていた。

院長と約束した火曜になった。昼飯はオフィス近くのタリーズでサンドウィッチとコーヒーで済ませた。オフィスは駒沢通りと交差して恵比寿駅から白金の方に続く通り沿いにあり、会社からは歩いて3分だが社内にはスタバ派が多いので、あまり会社の人間に顔を合わせなくて済む。Free Wi-FiをつなげてNetflixのドキュメント番組を観ながら食べる。至福の時間だ。昨日の得意先との定例ミーティングも先月の成果がまずまずの数字で、特段何もなく、今月も良きに計らえ、で済んでしまった。今日で言えば定時までやることがないくらいだ。だから余計に今晩の塚本院長に誘われたカレーの会食は面倒に感じた。酒を飲まないと仕事の話をできないのはダサいって若者の主張があるが、そこに傾倒しているわけではない。僕も酒を飲むので仕事する関係としてまず酒を飲み交わそうって感覚はわかる。その人を知る上でお酒は有効なツールだ。出身地や家族構成、趣味など自然に聞くことができる。

だけど、過剰に酒の席に誘ってくる人って、ちょっと違うのだ。そういう人種は経験上、一緒に飲んだとしても、たいしておもしろくない人が多い。自分の話しかしなかったり、ただ家庭に帰りたくない人だったりする。塚本院長の誘いには、その影があった。知らない世界が覗けるみたいな面白さもあるだろうけど期待できない気がする。正直、ダルい。

Netflixのドキュメント番組の1話目が終わった。全部で5話ある。ストーリー終了直後に次のストーリーへの連続再生ローディングが始まった。休憩時間とは言え、勤務中に観ると意外と罪悪感がある。家でゴロゴロしながら観ている時は、おお、次が気になるぅ！となるのに不思議だ。こういうときに社畜精神が出てしまう自分はやっぱり平凡な男だなと思う。こういう感覚がチラチラしちゃうのはカッコ悪いからバレないように気をつけよう。

皿とカップを返却コーナーに戻してオフィスに戻った。社内のコミュニケーションツールでは「チャットワーク」が導入されている。席に戻ると個人チャットで笠井さんから通知があった。

『前に話した西田と組んでほしいって言った三嶋商会の案件だけど、ちょっと変更。西田じゃなくて2年目の高橋とやってもらいます。あとはディレクターで田山とサポートで後藤ね』

あれ？　西田はどうしたのだろう？　でも、正直、超嬉しい。高橋は明治大学を出てるハキハキ系で僕とは馬が合うかわいい後輩だ。笠井さんは、結局、僕に気を遣ってチーム変えてくれたのだろうか？

『あれれ？　西田はどうしたのですか？』

笠井さんは、オフィスにいなかったが、すぐにメッセージが返ってきた。

『西田が4日連続休んでる。スケジュール的に厳しくなりそうで外すことにした』

そういえば、ここ2、3日見ていない。

『どうしたんすか？　鬱的なやつです？』

『わからんが、身体の調子が悪いのは間違い無さそうだ』

『あちゃー。まあ、しょうがない、しょうがないですね。承知ですー』

仕事には向き不向きがある。西田は明らかに、この仕事に向いてなかった。ここから復活して仕事をこなす人はそうはいない。こうやって辞めていく人はどうしても出てくるのだ。しょうがない。西田くん、おつかれ。どこか新天地で活躍されることを願っている。きっと向いてる何かがあるだろう、とても少ないだろうけど。

すぐに「三嶋商会プレゼン」というプロジェクトのチャットグループを立てた。

ここから三十分程度でだいたいの役割と提案内容の骨子を決めた。高橋がSNS流入まで考えたランディングページの企画まで担当することになった。西田にはここまで頼めなかったから個人的な負担がとても減った。高橋は飲み込みが早い。サッカーをやっていたらしく全体を見ていて、チームで動くのに向いている。終わりに、まとめのメッセージを送る。

『では、それぞれの役割はこんな感じで！　西田くんが体調不良で外れてしまいましたが、残されたタスクは我々で頑張っていきましょう！　あいつがいない方が上手くまわると思うけどｗ』

送った直後に、その高橋から個人アカウントでメッセージが送られてきた。

『竹中さん!!　西田さんのアカウントが、チャットグループに入っちゃってますよ！』

え？　あ、ひどいことしちゃったな。間違って西田のアカウントをプロジェクトのグループに入れてしまっていた。読んでたらショックだろうな。苦笑いしながら西田のアカウントをグループから外した。

夕方、新宿南口から歩いても良かったが、曇天だったので都営新宿線に乗り換えて初台駅に向かった。初台にある東京オペラシティには新国立劇場と3つのコンサートホール、2つの美術館が併設されている商業施設だ。オフィスビルとしても機能していてIT企業も多数入っている。昔はAppleのオフィスもここにあったそうだ。早く到着したのでビルの中を少し歩いた。

僕はオペラシティに年に一、二回の頻度で訪れている。最初に来たのは4年前でゲーム会社との打ち合わせだった。オペラシティという商業施設をよく知っていたわけではなく、時間が余ったのでブラブラしていたら、たまたま「インタラクティブの可能性」というポスターが目に入って美術館に吸い込まれた。インタラクティブというのは相互性という意味でインターネットビジネスや、現代アートでのキーワードだ。当時はSNSのコミュニケーションがどう変わっていくかの論争が白熱していた。

展示内容はとても独創的だった。タイプライターみたいな古いデバイスをインターネットにつないで、遠方にいる小説家の執筆工程をライブしたりする。常設展のインスタレーションも素晴らしくて気づくと2時間くらいウロウロしていた。以来、ちょこちょこ気になってウェブサイトを確認しては足を運んでいる。その美術館がここ「NTTインターコミュニケーション・センター」だ。

僕は、こういう、ちょっと高尚な趣味も持っているのだ。ちなみに一度だけ合コンで出会った年下の女の子とデートで、この美術館に来てみたことがある。付き合ってもいいかなと思っていたんだけど、その女の子がここの展示を見ても全然楽しく無さそうで、相性が良くない関係だと気づいてしまった。その時は自分でも不思議だが、残念なことよりも〝ここで楽しそうにする女性であるか？〟という基準の発見に興奮したのを憶えている。僕にとっての相性リトマス試験紙として美術館が機能する。以来、朧気ながらやっぱり自分は知的好奇心の高い女の子が好きなんであろうと自覚するようになった。

それにしても、初台にある有名なカレー屋なんて知らなかった。最近できたのだろうか。初台で昼飯っていうと、オペラシティの地下にある「さぼてん」で、とんかつを食べることが多い。なぜかって、キャベツ、味噌汁、ごはんのおかわりができるからだ。あれはなかなかのコスパだと思う。あれをチェーン展開してるんだからすごい企業努力だ。
新国立劇場の正面入口に行くと、塚本院長はまだ来てなかった。今日は公演がないみたいで劇場の入り口のドアは閉ざされていた。隣りにある水を張った近代的なデザインの池には風の流れで静かに薄い波紋が拡がっている。風からは秋の匂いがしなかった。今日も暑い、シャツだけなのに汗ばんでいる。例年ならジャケットを羽織るくらいで丁度いい時期なのに。

こんな気候だからか、妙に辛いものを食べたい気分にはなっている。暑いとカレーが食べたくなるという話があるが、あながち間違ってないかもしれない。ただ、カレーってお酒好きの人間からすると、なんとなくやっぱり会食には向いてない気がする。飲んだ後のシメならわかるのだけど、いきなりカレーを食べながら酒を飲むのだろうか？　タンドリーチキンみたいな料理をアテにしてからカレーを食べるのだろうか？　こういう機会は少ない。接待で使えるかもしれないから、知識として経験しておいて損はない。すごく辛いカレーだったら困るので、一応、ハンカチは2枚持ってきた。

店名は聞いてないけど有名店だろう。一応事前に知っておくかと「初台　カレー」でググる。検索結果が出たと同時に後ろから声がした。
「ごめんなさい、前の打ち合わせが大森だったんですが、京浜東北線が遅延しちゃってて。お待たせしてすみません。中村も遅れてくるそうなので、先に行きましょう。お店は不動通り商店街の方です」

時間は7時29分だった。塚本院長は革の手袋にマスクをしていた。しかもマスクは二重にしている。最初、誰だかわからなくて顔を覗き込んだ。こもった声の感じでようやくわかったが、季節外れの暑さの中だからこそ余計に異様に見える。訝しげな顔で手袋を見ていると塚本院長がぼそっと言った。

「そうか。2019年は、まだ出てないか。失礼。行きましょう」

そう言うと塚本院長はマスクと手袋を外した。なんの話かわからなかったが、改めて挨拶をして、塚本院長の後を歩き出す。

オペラシティの隣りのテニスコートの脇を歩き、通りを渡って、パチンコ屋の路地を歩く。新宿西口のビル群が見えるような立地なのに昔からやってそうな店構えのパン屋やら居酒屋が意外と多い。せっせと歩く塚本院長に話しかけてみた。

「新宿の隣駅なのに、こっちの方は意外と庶民的な感じのお店が残っているんですね？」

「もともと、オペラシティのあるところには『東京工業試験所』という施設があったんですよ。今で言う通産省が管轄する施設になるのかな？　大きな施設で大正時代からあって、化学工業製品の開発実験をしていてね。アンモニア、メタノールを製造したり、石炭の液化の実験をしていたんですよ。火薬も開発していたそうだから戦時中も主要な機関だったでしょう」

そう言いながら塚本院長は後ろを振り向いて、さっき渡った通りの方に右手を差し出して続けた。

「あそこ、あの通りがボーダーだ。あの通りは水道道路と言います。あそこから向かいの渋谷側は金持ちが住んでいで、こっちの中野側は、その試験場で働くエンジニアや下請けが住んでいたんです。簡単に言うと、格差があったんですよ。こっち側は人情があって、子供の頃は意識することもなかったんだけど、成長するとわかるんだよね。住んでる場所の違いがそのまま生き方につながる時代でもあったらからね」

あまりにも当事者として普通に喋る。ここが出身なのだろうか？　確認するように聞いてみる。

「塚本先生って、この辺のご出身なんですか？」

「そうです。言ってなかったか。商店街に入って左折したちょっと奥に実家があります。弟の夫婦が住んでますよ。今から行くカレー屋も友達です」

「へー。シティボーイですね。僕は生まれが茨城の田舎なので完全に憧れちゃいますよ」

「そんなかっこいいものではないですよ、生まれるところは選べないというだけです」

T字路にぶつかると、そこは商店街だった。商店街の脇道を進んできてメインの通り土手腹にぶつかった形になる。大きなスーパーや居酒屋のネオンが輝いている。そんなに遅い時間じゃなかったからか威勢のいい八百屋の声もした。元気な商店街だ。

Ｔ字路を右折する。商店街沿いの古い理髪店で塚本院長が足を止めた。隣にある雑居ビルの1階にゆっくりと近づく。白いタイルの壁にウッドデッキが付いている。看板も全体的に木目調にまとまっていてパッと見はワインバルのような店だ。OPENと書いたフライパンがぶら下がっている。看板に灯りはなかったが、ここだとわかった。暖簾に「和魂印才たんどーる」という店名が書いてあった。「たんどーる」はタンドールだろう。知っている。テレビで見たことがあるが、おそらくナンを焼く、タンドール窯のことだ。

「つきました。どうぞ」

扉を開けると、いわゆるメイド服みたいな衣装を着た女性が待っていた。おー、おー、おー、あまりの雰囲気の違いに驚く。塚本院長ってこういう趣味あるのか。友達のカレー屋って言ってなかったか？　よく見るとミニスカートで露出度も高い。

「こんにちは～！　わたくし、シナモンと申します！　本日は、よろしくお願いしまっす！」

アニメを見ないので、よく知らないのだが、こういうキャラクターがいるのかもしれない。脇を見ると塚本院長が少し照れた顔になっている。さっきまでは、自分のルーツを語る渋いおじさんだったじゃないか。

「シナモンさん、今日も宜しくお願いします」

「はい～、塚本センセ。お荷物をこちらで、お預かりします。貴重品だけお手元に」

携帯と財布だけ手にとって荷物を渡した。店内は思っていたよりも暗く、カウンターと

OPEN

奥にテーブルがあるだけのようだが、部屋の広さがつかめない。

ハンガーに塚本院長の上着をかけたシナモンさん？が大きい声で言った。

「はい！　それでは地下室にご案内します！」

「ここには地下室があるんですか？」

普通のこじんまりとした商店街の店舗にしか見えなかったので、つい聞いてしまった。シナモンさんが即答してくれる。

「ありますよー！　ご予約は地下室がいいです！　完全個室！」

確かに変わった店だ。よく見ると自分達以外に誰もいないようだ。完全予約制なのかもしれない。言われるがまま、カウンターに手を滑らせて奥に進み、蝋燭の灯りを頼って地下室へ続く階段を見つけた。

院長と一緒に階段を降りる。地下室には、かなり大きいテーブルに四人分の席が準備してあった。グラデーションを含んだ暖色系の光が部屋中を漂っている。中村さんが遅れて来るのは聞いているが、あと一人誰か来るのだろうか？

「あ、僕、ちょっとトイレ行きますね」

塚本院長がトイレに行き、部屋で一人になった。携帯を見ると弱いが４Ｇの回線は入っていた。席に座ろうとして、椅子を引く。鉄製でかなり重い。高価そうな椅子だ。座面まで鉄なので尻が冷やりとする。

塚本院長もトイレから帰ってきて座ると「ちょっと失礼」とスマホでメッセージを打ち出した。しばらくして、シナモンさんが水を入れたグラスを二つ持って現れた。

「先生、始めます?」

「そうだね。宜しくお願いします」

シナモンさんは、一礼して階段を上がっていった。そして、塚本院長が僕に向かって本題に入るかのように口火を切った。

「竹中さん、ちょっと提案があるんですが聞いてもらえますか? あなたにとっては、そんなに悪い話じゃないです」

「提案? なんですか?」

「ひとつ、ゲームをしませんか? あなたが勝ったら御社との広告契約だけでなく現金で300万円差し上げましょう。だが、私が勝ったら、現金は差し上げるが10万円。広告の契約は無かったということで白紙にしていただく。どうですか? そんなに悪い話じゃないと思います。負けても10万円ですが支払われる。これは口止め料として、もらっていただくお金です。同時に賭博の共犯関係も成立するから私が後で警察に通報するようなことはありませんよ」

うん?と、戸惑った。頭の整理が追いつかない。今日の打ち合せは、最初からこれが目的だったということだろうか? これは賭け事だ。突然に駆け引きの時間になった。普通なら、こんな話は付き合う必要はない。が、３００万円って言ってなかったか？　しかも負けても金はもらえる？

とりあえず、余裕は見せた方が良さそうだ。精一杯の演技だったが、顎を触りながら、なるほど、と苦笑いして言葉を探す。

「えー、つまり、本日の打ち合せは最初から、これが目的？ですか？　ひょっとして営業の中村さんはいらっしゃらないのですか？」

「正解です。お礼のお食事をお誘いしようとしたが、あなたはいきなりビジネスの話をした。だから、こんな感じで誘わないと来てくれないと思いました。中村は実在しますが、この席には座りません」

塚本院長の声色が思いの外、優しくてこちらも落ち着いてきた。まず、ここで自分の安全保証があるかを考える。今回、僕は商談としてここに来ているので会社のスケジューラーに「銀座グリーンクリニック塚本院長、中村様会食@初台」と書いている。僕に何かあったら会社の人間はその予定を警察に話すことができる。塚本院長もそれくらいは想定しているだろう。そもそも警察は僕と塚本院長が知り合った接点となっているのだ。僕を傷つけるような強引な口止めは考えられない。

次に賭けによって、得るもの、失うものを考える。確かに悪い話じゃない。それにしても負けても10万円という設定金額が実にいやらしい。もともと降って湧いたような話だ、負けたって10万もらえるなら勝負してみよう、という気持ちにさせる金額だ。勝てばなんてったって裏金づくり以外に現金で300万円だ。悩むが、考えれば考える程、塚本院長からすれば僕を賭博の共犯にしてしまうことが、とても合理的に思えた。金よりも秘密を持ち合うことのほうがよっぽど信じられる。

ただ、その理屈は置いといて、この状況には腹がたって然るべきだろう。いつから考えていたのか？　完全にアウェーの状況だし、もう完全にハメられてる。直近の危険は無さそうだが、ゲームを断って無事に帰ったとしても、その後が気持ち悪い。

「なるほど。たしかに僕にとっては悪い話じゃない気がしますね。でも、正直、いきなりこんなことになるのって怖いですよ。300万円って異常だ。いつから考えてたんですか？　それに、もし断ったとしたらどうなります？　僕は善意で拾っただけで、お礼をいただけるというから、それよりもお互いが得するような提案を差し上げたつもりなんですが。これは、あんまりじゃないですか？」

「いや、仰っしゃりたいことはよくわかる。何度も言うが、気を悪くしないで下さい。私はね。もう一生困らないくらいの資産は持ち合わせている。ギャンブルって言うと聞こえが悪いけど、こういう駆け引きが無いと生きていけないのですよ。平凡な生活の中に、苛烈な駆け引きの種がないかを私は常に考えています。今回のバッグ紛失もこれが目的です。この計画自体が非常にスリルがあって愉快なものでしたが、まさかあなたみたいな聡明な人に拾われるとは思いませんでした。今も興奮しているし、これからのゲームがたのしみでしょうがない。もちろん、断ってもらってもいい。その時は広告の契約の話を生かします。もちろん、あなたの身の安全も保証する。あくまで余興です。初老の小金持ちの余興に付き合っていただきたいというだけのお話ですよ」

刺激がないと生きられないギャンブル狂いのテニスプレイヤーが出てくる映画を最近観たばかりだったが、まさに目の前にその人種がいる。お金が欲しいからではなく、お金が余っているからこそ、この道を辿ってしまうのだろう。塚本院長が全く医者に見えなくなった。

リスクはあるだろうか?と頭をひねる。どう考えても危険はないようにしか思えなかった。だって勝って300万円、負けて10万円だ。これは乗らない手はないだろう。もし僕が勝ったら賭け金を上げての再戦提案の可能性は高いだろうが、それは断ればいい。もう賭博で共犯関係が成立しているわけだから、後を追う必要はない。僕はギャンブラーではないので自制できる。ただ、大切なのは、どんなゲームをするかだ。僕はポーカーやら、ブラックジャックなんかのカードゲームは知ってるけど、そんなにやったことはない。

「なるほど。いいでしょう。乗りますよ。しかし、一体どんなゲームをするんですか?僕はギャンブルの経験が殆どないです。」

ギャンブル狂いの初老が鼻息を荒くしているように見えた。

「グッド!　いいですね。ありがとうございます。ゲームの内容ですが、実はこのお店にはオリジナルのゲームがあります。竹中さんは、闘茶って知ってるかな？」

「トウチャ？　……いいえ。知らないです」

「闘茶とは鎌倉時代から室町時代に流行った上流階級の遊びで、お茶の銘柄や産地を飲んで当てるゲームです。要は効き茶だ。それと近いことで勝負します。ま、闘茶は家まで無くす人がいて文化にはならず廃止になってしまうのですが」

シナモンさんがいつの間にか1階から下りてきていた。

「これからゲームの説明を致しますが、ゲームが始まるとトイレに行けませんから、今のうちにお済ませ下さい」

「私はさっき行ったばかりだから結構」

「あ、僕は行きます。トイレどこですか？」

「1階になります！　どうぞ、今のうちに！」

とても元気にトイレを案内されて地下から1階に上る。このシナモンさん、どこかで見たことがある気がするのだが思い出せない。テレビに稀に出演する地下アイドルが、ここでバイトしていたりするのかもしれない。店内はやはり暗かった。青色のグラデーションの照明がゆらゆらと漂う。1階は入り口の正面からL字型のカウンターになっているが、奥にはテーブル席があるようだ。最初は気づかなかったが、他にも客がいるようで目を凝らすと、奥の方で人影が揺れている。耳を澄ませると男の話し声も聞こえた。暗くて顔までわからないが他にも客がいるようだ。下では堂々と賭博が行われているのだから、上の客も普通の客じゃないだろう。一刻も早くおさらばしたいところだが、厨房からスパイスの香りが漏れている。カレー屋であることは間違いなさそうだが、実に奇妙な場所だ。

トイレは掃除が行き届いていた。ここだけなら清潔なホテルのように見える。照明が自動で、勝手に切れるからボタンを押すなと無骨な文字で書いてあった。用を足しながら考える。カードゲームとかならビギナーには優しくないと意見を伝えるつもりだったが、そういうゲームでも無さそうだ。とりあえず話を最後まで聞いてみよう。

部屋に戻るとシナモンさんが黒色の起毛マットのようなものをテーブルに広げて準備をしていた。彩りのある皿を乗せて説明が始まった。

「はい！　では説明を始めますね！　ゲームのルールは、とっても簡単！　お二人にこれからお配りするカレーを一口食べてもらって、どの山椒が入っているのかを当ててもらう、というものです！」

目の前に3枚の色付きの小鉢が並べられた。小鉢には小さな種のようなものが盛られている。

「青い小鉢には中国の青山椒、黄色の小鉢にはネパールの山椒であるティンムール、緑の小鉢には日本の山椒であるぶどう山椒が、それぞれ盛られています。ここに並ぶ三種の山椒のうちのどれか一種類がカレーに使われているので、それを当てて下さい」

しばらく間があってから僕から切り込んだ。当たり前だがこれはフェアではない。

「ちょっと待ってください、ジャッジをどうやって決めるんですか？　このお店は、塚本先生にとってホームみたいな場所じゃないですか？　それだと、事前に打ち合せしている可能性もあるし、これはフェアとは言えないんじゃ……」

と途中まで喋っているところで、塚本院長が右手を出して、僕の質問を遮った。

「やはりあなたは賢いね。そう、そのとおり。でもね、そこは考えられてます」

そう言い終わると、シナモンさんが右手を軽く上げる。

「ご安心下さい。これはお二人で先攻後攻を決めてそれぞれが出題者と解答者になるゲームです。一口大のカレーが盛られた皿は一見どれも同じですが、皿の裏にはそれぞれの山椒が入った小鉢と同じ色のシールが貼ってあります。出題者が指定したカレーを解答者が一口食べて、使われている山椒の名前をコールすると同時に皿の裏のシールを見せる、という流れになるので不正はありえません」

「一回で勝負が決まらなかったらどうするんです？　二人とも間違えた場合です」

「その時は、もう一度対戦しますが、それでも決まらなかった場合は、別のゲームをご用意してます。このゲームはやればやるほど精度が上がってしまうので」

別のゲームまであるのか。本当に根っからのギャンブル好きだ。しかし、この山椒を当てるというゲーム、一見シンプルで平等なゲームのようだが、シールの色で確認するというのが気になる。

「わかりました。カレーを食べて、使われている山椒を当てればいいんですね。やりましょう。でも、確認がシールというのが気になります。慣れていれば剥がして張り替えたりできそうだ」

塚本院長が表情を緩めながら、瞬きを忘れてしまった顔で僕に言う。

「シールが信用できない？　ははは。いいでしょう。いいでしょう。ならば、このゲームの先行は常に私としましょう。私がコールした色の皿と同じものを選べば君の負けは無いからね」

そんな腰抜けではない、と言いたかったが、これはおそらく余裕ではなくて作戦だ。煽ってるつもりなら、向こうがイラつくまで同じ皿を選んでやろう。

「わかりました。僕は後攻でお願いします。あとついでにですが、皿のシャッフルを僕がさせてもらってもいいですか？　お店を信用してないわけじゃないんですが、念には念をってやつです」

「もちろん、いいですよ。フェアにいきましょう」

ここでシナモンさんが大きく手を叩く。二人の合意をまとめた合図だ。

「はい、では、これからカレーを取りにキッチンに戻ります。お待ち下さい。私が不在の間は、お二人とも不正がないように腕を椅子に拘束させていただきます」

シナモンさんがメイド服から手錠を取り出した。本当にそこまでするのか？　いくらイカサマ防止だからといって流石にやり過ぎだろうと塚本院長を見やると慣れたもので、もう両手首を後ろに差し出している。できるなら避けたいが店側の人間が誰もいない場面を作ってしまうと勝負の担保ができないということだろう。塚本院長のような常連客も例外じゃないのだ。これは徹底している。

まず、塚本院長が手首と椅子のアームをくるように手錠にはめられた。いい年したおじさんがシナモンさんに手錠をかけられる姿がちょっと滑稽で笑いそうになる。しっかりと両手首が固定された。たしかにこれならテーブル上をいじったりはできない。

僕もシナモンさんに手錠をかけられる。ガチャと思ったよりも重厚な音がした。おもちゃみたいな手錠とは違い、金属の重さを感じる。簡単には外れそうにはない。手首に金属の冷たさを感じないのは手錠の皮膚に接する部分に当て布としてふわふわのヒョウ柄ファー素材が使われているからだった。僕がギャルのメイドに弄ばれているみたいで、これには我慢できず吹いてしまった。

シナモンさんは、そんな僕を見てキョトンとしながら階段を上がっていった。厨房に向かったようだ。

手錠のヒョウ柄を見て、またニヤニヤしていると、手錠をしている塚本院長と目が合った。僕と同じでうっすら笑っている。

「いやー、この手錠、ウケますね」

「そうですね」

しばらく、目を合わせながら静寂があった。銀座にクリニックをかまえる院長と僕が、あやしいカレー屋の地下室で二人っきりになって、しかもメイドに手錠をされて動けないでいるんだ。めちゃくちゃ面白いじゃないか。

「クククっ、変なご縁ですよね、いつもこのゲームやってるんですか？」

塚本院長と打ち解けた気がして聞いてみた。

「いえ、初めてです」

と、塚本院長が手錠を外して、立ち上がった。

え？

「ここまでが長かったですよ」

塚本院長が階段まで歩いていき、上に向かって、少し大きい声で言った。

「確保完了でーす」

「中村さん、完璧でした。実に自然に手錠をかけられましたね。流石でした」

「先生、ありがとうございます。やっぱりこれくらいキャラ変えて正解でしたね」

塚本院長が、シナモンさんに対して、中村さんと呼んだ、と同時にシナモンさんの髪の毛が宙に浮いた。ウィッグだった。そこには短髪の凛とした顔があった。ここで気づく。受付にいたあの秘書風の女性だ。状況が全くつかめない。何が起きているんだ？

塚本院長が僕の方を向いて話しだした。

「竹中さん、手短に話しますね。あなた、病気なんです。強迫性障害の一種で、他責追求障害という。私が研究している精神疾患です。知らず知らずのうちに精神的に人を追い詰めずにはいられない病気で、酷いと人を自殺に追い込んだりしてしまう。昨今のパワハラ被害やブラック企業の問題は、実は加害者側の精神疾患が原因というケースがあって、あなたはそれに該当します。あなたの治療を始めるためにこのような手段にでました。ご理解いただきたい」

僕が精神疾患？　何の話だ。この状況はどういうことだ？　ようやく声が出た。

「何言ってるんですか……わけがわからない。え？　なに？　どっきり？」

「我々は笠井さんから要請を受けています。あなた、このままいくと、西田さんを殺してしまうところでした。正確には自殺に追い込むということです。あなたを確保するに至った今回の計画は笠井さんの尽力によるものです。最初の鞄に入れた現金も全て笠井さんが用意したんです。あなたは笠井さんに感謝しなくてはならないね」

「笠井さん⁇　え？　最初の現金？　西田を殺す？　え？」

「そう。あれは笠井さんのお金です。違う人が拾ったら、映画の撮影です！っていう準備までしていました。カルテは全て偽物で架空の人物です。営業担当の中村は、こちらのシナモンさんこと中村さんです」

さっきまでのシナモンさんが、礼儀正しく一礼する。思考が停まった。悪い冗談にしては手が込み過ぎだ。ポカンとしていると、塚本院長が哀れみの表情を向ける。

「しょうがなかったんです。ご理解いただきたい。こうでもしないと、あなたを捕まえられなかった。この精神疾患は警戒心が強い人に発症の傾向があるんです。警戒心が強く、合理的に判断する人間が患う病気なんです。競争の果ての勝者の病とも言える。そんな人格ですから本当に患者の確保が難しい。ここまで相当入念なリサーチをしてきましたが、正直、あなたのようなサンプルを手に入れることができるとは思わなかった」

サンプルとは何だ。脈拍が早くなって、顔が紅潮しているのがわかる。僕は何かの実験に使われるのか？　笠井さんが僕を騙した？　そんなことが本当に？

「落ち着いて。大丈夫です。竹中さんは、私の言うことを聞いてくれればいい。この店舗は通常営業以外は私の研究室です。あなたのような精神疾患にかかる人達は共通して仕事での評価は高いが食習慣が悪い。承認欲求が高いから健康よりも結果や成果を選んでしまいます。ここでは諸外国の食材と、馴染みの深い日本特有の食材を掛け合わせ、あなたの病気に効果が期待できるスパイス療法を研究しています。スパイスの特殊配合がセロトニン活性と腸内環境を改善するのは周知の通り。あなたの精神疾患の治療にも、もちろん効果があります。健全な肉体に健全な精神が宿るというのは本当で、性格や思考が変わっていきます。おそらく一回摂取しただけでかなり効果があるでしょう。」

僕は横でニコニコしているシナモン中村にすがりつくような思いで目を合わせるが、その瞳には一切の曇りがない。院長への盲信があまりにも明白だ。必死に「やりすぎだろ！」と叫んだが信者には声が届かない。シナモン中村は微笑みながら説明をはじめる。

「竹中さん、今日はこれから先生が作る『和《わ》ッサム』というスパイスのスープを召し上がっていただきます。和ッサムはラッサムという南インドのスープを元に塚本先生が研究に研究を重ねて作り上げた作品です。独自配合のスパイスと梅、昆布、柚子胡椒、紫蘇などの日本食材が掛け合わり構成されています。１００％オーガニックなスープで化学的なものは一切入っていません。和ッサムが腸に及ぼす好反応が竹中さんにも期待されます。今回は竹中さんの症状に合わせスパイスの配合を変えています」

塚本院長は目の前の席に座り直し、ゆっくりと補足を続ける。

「竹中さん、私は腸内環境の研究が専門だが、広義で言えば東洋医学での治療を西洋医学の手順に敢えて合わせて論理的に解明することに力を注いでいる。私はスパイスに無限の可能性を感じています。アーユルヴェーダという東洋医学では昔からスパイスは使われていたし、現代医学でも製薬に使われているものが沢山ある。スパイスが与える人体への影響は私の理解を超えているんだ。それを少しずつ編んで形にしていくことが、私が人生を通してやりたいと思っていることなんです。この道を歩むこと、それがとても快感なんです。」

そう言うと顔が歪んだ。それが笑顔だと気づくのに時間がかかった。

「前に欠損した部位の復元手術をするエキスパートと話し込んだことがあります。乳がんで乳房の全摘出なんかをイメージするかもしれませんが、もっと想像もできない欠損や変形というものがあります。癌が原因で顔が半分なくなってしまったり、浮腫で足が象の足みたいになって膿んだりです。そういった治療の世界でとても高名な医者なんですが、彼は治したものを『作品』と言っていました。ご丁寧に治療の実績というよりは作品集として美しくそれらの写真をまとめていた。すごいでしょう？　美しく戻すことに美意識を感じている。こういう人がいい仕事をします。私も一緒なんですよ。私も腸内の宇宙を探求して、見つけて、掴みたいんです。肛門の奥に宇宙があるなんてドキドキしませんか？私にも、あなたにも、そこにいる中村さんにも、今日会った全ての人達にその宇宙が存在するんです。そして、その宇宙を紐解く鍵がスパイスというわけなんです。どうです？信用していただけましたか？」

一拍おいて、塚本院長は僕の肩に手を置く。笑顔の残像が口許だけに残っていた。その口が僕の耳元に近づいていく。薄い笑顔が視界から消え、囁きが聞こえた。

「安心して、任せて下さい」

僕は実験台にされるのか。こういう時人間の顔は白くならないと知った。怒っているのか自分でもわからなかったが、さらに顔が紅くなる。自分でも聞いたことがない心拍数の速さで気が遠くなった。初めての気絶の兆候。だが、なんとか持ちこたえる。塚本院長はiPadを取り出して何かを検索していた。

「笠井さんとは、産業医のセミナーで知り合いました。あなたの会社は離職率と精神疾患の発生率が相関していて、危険な状態の社員さんが何人かいます。えーと、西田さん以外にも四人いますね。とても良くないのはあなたと同じような他責追求障害の疑いがある人が十三人もいるということだ。緊急性を考慮して、まずあなたから治療を開始します。良き先輩となって下さい」

「治療って何するつもりだ！　先輩なんかになるわけないだろう！」

「手荒なまねをするつもりはないです。落ちついて。今からあなたの右手の拘束を解きます。和ッサムをご自身で飲んで下さい。危険はありません。あなたの身に危険があったら我々があなたの会社や警察に疑われることはわかっているでしょう？」

それはそのはずだ。身の危険はないと踏んだから賭け事にのったのだ。だが、今は理屈の世界に僕はいない。

「こんな状態でスープを飲めるわけないだろ？　何か入っているに決まってる！　なんだよこれ!!　手錠外せよ！」

　僕は立ち上がろうとしたが、椅子の座位が深く、重さもあるので力学的に不可能だった。それでも僕は激しく抵抗した。地団駄を踏み、上の階にいた他の客にも聞こえるように大声で助けを呼んだ。手錠から手首が抜けないかも試した。しかし、全てが徒労に終わる。むしろヒョウ柄のファーが僕の手首の皮膚を守っていることに気づいた。さっきは笑いのトリガーだったのにあまりにも皮肉だ。くそ！　と吐き捨てると、野太い声が階段から降ってきた。聞き慣れた声だった。

「俺のことを信用して、スープを飲むと言ってくれ」

　階段の暗がりから顔を覗かせたのは笠井さんだった。塚本院長が笑顔で笠井さんを迎え入れる。シナモン中村が入れ替わるように階段を足早に駆け上がった。笠井さんがテーブルに堅く分厚い掌を静かに置く。白髪がライトで鈍く光った。

「騙すつもりはなかったんだが、こうするしかなかったんだ。わかってくれ。さっき聞いた以外にもうちの会社には心療内科に通院している社員が何人もいる。おまえのような他責追求障害も予備群予測まで含めると凄い数になるんだ。加害者も患者である、という理解の元、ここで食い止めねばならない。たしかに塚本先生は、ちょっと研究熱心が過ぎるかもしれないが、だからこそ信用できる人物なんだ」

塚本院長は深く大きく頷いた。

「そういうことです。さっきも言ったでしょう？　安心して下さい。稀に反応が良すぎちゃう人はいるけど……ゴニョゴニョ」

「良すぎちゃうってなんだよ！　ゴニョゴニョってなんだよー！　それ絶対に副作用だろ！ふざけんな！」

笠井さんが割って入る。

「竹中、わかってくれ。和ッサムがおまえには必要なんだ」

「そんなこと言われても、この状況で、和ッサムだか、ハッサムだか知らないけど、飲めるわけないでしょうが！　ちょっと！　笠井さん！　助けて下さいよ！　いきなり登場して何言ってるんですか？　だいたい僕は精神疾患なんかじゃないですよ！　西田は自業自得でしょう！　僕は関係ない！」

塚本院長も笠井さんも困った顔をしている。塚本院長に限ってはロバート・デ・ニーロが両手を軽く上げる〝お手上げ〟みたいなジェスチャーをして、溜め息までついた。めちゃくちゃ腹が立つ。全世界でこの状況で一番困っている人は？ってアンケートをとったら、ぶっちぎりで僕が1位になるだろう。怒りで理性が吹き飛び、いよいよ罵詈雑言を浴びせかけてやろうとしたその時、階段からとてつもなく香ばしい煙が立ち込めてきた。匂いだけでその力強さが伝わってくる。紫色の煙に巻かれながらシナモン中村が下りてきた。

「お待たせいたしました。こちらが『和ッサム』です」

目の前に浅い寸胴の鍋が置かれた。紫の煙が晴れるのを待ってから身体を可能な限り乗り出して鍋を覗く。赤い。トマトが入っているのはわかった。その中を細かな白い塊がスパイスと一緒に浮いている。その面妖さは圧倒的で、今までに経験したことのない香りだった。しかしながら、眉をひそめるような類の物ではない。歓迎すべき香り。カレーのようでいて、それ以上の複雑な、強い何か。鼻腔が震える。

塚本院長が小皿にスープを盛りだした。キラキラと光っている。スパイスの香りを含んだ湯気が部屋中に漂った。

院長から和ッサムが分けられるやいなや、笠井さんがいきなり叫びだした。

「俺も飲むから、おまえも飲めぇー！　うおおー！」

笠井さんの見開いた目には稲妻のような充血が走り、こめかみには血管が浮き出ていた。歌舞伎役者のような顔をして、一気に口に含む。が「あちぃー!!!」と泣きながら吐き出した。

「ちょっと、何やってんすか笠井さん、もったいないっしょ」

シナモン中村が注意した。

「うう……すみません……つい……」

シナモン中村も同じ鍋から盛った「和ッサム」を啜る。

「こ、これは……また一段と、おおおぉぉ……」

シナモン中村が宙を見つめながら、うっすらと涙を流している。塚本院長は「うん、今日のはいい出来ですね」と微笑んでいた。笠井さんもスープを盛り直して啜り「ぐおおおお！　うめえええー！」と叫んでうずくまった。

シナモン中村と笠井さんの顔が火照って、みるみるツヤツヤになっていく。生まれたての赤ん坊のような新陳代謝を得たような輝きだ。僕以外が、はしゃぎだす。

「いやー、今日はいつにも増してバチッとラッサムパウダーが極まりますなー、塚本先生！」

「先生！　いつも美味しいですが、今日のは特別！　身体が芯から熱くなります！」

「そうでしょう、そうでしょう。ちょっとローストのチリを変えてみたんですよね。今日はメキシコのチリなんです。和歌山のこの練り梅と合うんですよね。竹中さん、ね？　大丈夫でしょう？　二人ともこんなに活き活きとなった。だから、ほら、ちょっと飲んでみましょう」

笠井さんとシナモン中村が僕の方を振り返る。笑いながらもキリッとした目で僕を睨んだ。無言の圧がすごい。帰れんのか、僕。

塚本院長が穏やかな口調で続ける。口調と反比例して行動を促す意思がこもった眼力は強い。

「あんまり火を入れ続けない方が、いいんですよね」

最後の方は漏れ出すように語気が強くなった。

「もう……わかりましたよ、飲みますよ」

とりあえず、毒が入っていても即死するようなもんじゃないのはわかったし、やばいと思ったら吐き出すつもりで恐る恐る温め直したスープを一口啜る。

「あ……」

大きなうねりが口の中を駆け巡る。まずトマトだ。大地を感じるような酸味、でも、それだけではない、違う酸味。梅だ。同じ酸味なのに、すごく複雑。ここで少し優しい味も混ざっているのにも気づく。この白いのはなんだ？　チーズ？　いや、豆腐だ。ちぎられた豆腐が入っている。淡白さを感じると思った刹那、辛さが加わった。烈火のような辛さ。知らない香りも運ばれてくる。スパイスの種類なんて知らないが、一体、何種類のスパイスを使っているんだろう？　層に、スパイスの層に挟まれているようだ。だんだんと最初の辛さとは違う種類の辛さがわかってくる、胡椒だ！　焦げた感じもする！　強烈な刺激！　ゴオオォォォと腹の底から音がする！　熱い！　気づくと肌という肌が粟立っている！　身体が気持ちよく押し上げられていく！　高い壁を登っているようだ！

味に疾走感があるという初めての体験だ。身体を震わせながら、とりまく顔を見上げようとした次の瞬間、背中に何かが落ちた。

凄まじい衝撃で動けない。笠井さんや、塚本院長の顔が見えるのだが、世界が無音になった。次第に暗くなっていく。

闇に包まれてから、一筋の光が見えた。その光は朝日を迎える海のように黒から群青の明るさを水平に拡げていった。光の中心から何かが向かってくる。すごい数の恐竜や見たこともない大きな哺乳類が向かってきた。僕は動けなかった。しかし、獣達は自分を避けるように過ぎ去っていく。そして、だんだんと目の前が真っ白になっていく。

立っているのか、座っているのかわからなくなった。浮遊している。平衡感覚を失う。気づくと、僕を見つめる僕がいた。幽体離脱をしているみたいだった。しばらく、ふわふわと漂っていると、視界に一定の線が引かれ、くしゃくしゃになった方眼紙の波が蠢きだした。

あっという間に右側からその方眼紙が自分の身体を巻き込んでいく。抵抗できない。でも、その抵抗のできなさが心地よくもあった。温かい海辺で小さい子供が浅瀬の波にさらわれることを喜ぶような。さっきまで怖かったはずなのに、ちょっと慣れたら楽しいにすりかわってしまう。波打つ方眼紙は立方体に姿を変え、僕を閉じ込めた。不思議と不安はない。秘密基地で寝転がっているみたいだ。僕は目をつぶってゆっくりと沈黙する。温かい。心音がどこからか聞こえてくる。その心音と僕の呼吸が重なりだす。とても安心する。

しばらくすると、何かが聞こえだした。エンジン音が聞こえる。この音は聞いたことがある。ぺさんだ。ぺさんの乗っていた車のエンジン音が聞こえる。車種は忘れたが90年代の古いツードアの車だ。

コンビニのアルバイトで一緒だった韓国人留学生のぺさん。僕は大学2年まで地元の茨城から東京の大学に通っていて、一人暮らしの頭金を捻出するために深夜のコンビニでアルバイトをしていた。そこで、ぺさんと僕は出会った。

筑波大の大学院に通う日本語が達者な研究生で、文武両道の素晴らしく優秀な人だった。韓国の大学を出てからこっちに来ているから当時は20代後半だったと思う。元々バトミントンでオリンピックを目指すような強化選手だったが、選手としての見切りをつけてスポーツ科学を専攻していた。

僕とぺさんは馬が合った。深夜のバックヤードで年下の僕に恋愛からキャリア形成まで、色んなことを教えてくれた。夜を短くしてくれる人だった。

本当に寝ずに働く人で、学費も生活費も可能な限り親に頼らないようにしているようだった。将来は韓国でスポーツ選手を支援するのが夢だと言っていた。

ぺさんは、研究室の課題と教授のリクエストが最近酷くて本当に睡眠不足だと目に深い隈を作っていた頃、車の運転中に事故を起こして亡くなった。ブレーキ痕はなく、ガードレールを突き破って、コンクリートの壁にぶつかったらしい。原因はよくわからなかった。でも、居眠りするような人じゃない。過労が原因で身体に異変が起きて事故を起こしたんだと僕は思った。

葬式は日本では行われないということだけバイト先から伝えられた。店長が「悔しいな」

と泣いていた。

ここで急に足の裏がひやりとした。目を開けると僕は裸足でセブンイレブンの店内にいた。ドリンクが陳列された冷蔵棚の前に立っている。ガラスに反射してスーツ姿の自分が立っているのがわかった。しかもここは昔僕がアルバイトしていた茨城県のセブンイレブンだ。あたりを見回すが誰もいない。無人だ。客も店員もいない。無機質な蛍光灯の青白い光が注いでいる。ただ駐車場には、ぺさんの車だけがあった。ふいに、ガチャっと音が聞こえる。どこかの扉が開いたわけではない。ガタガタとまた聞こえる。これは何の音かと探ると、冷蔵庫の中から缶やペットボトルを補充している音だった。冷蔵庫を開けるとちょうどコカ・コーラの陳列一列分が空になっている。中腰になって中を覗くと、その列の奥の薄闇から男の右目が僕を見つめていた。ぺさんだった。

「ひさしぶり、竹中くん。僕に、悔しかったろう、と言う人もいたけど、僕は悔しくなかったよ。やりたいように生きたし、向かってる途中で死ねたから。不思議なもので研究って結果を出すためにするもんじゃないんだよね。研究自体が楽しいから研究するんだよ。だから、僕は楽しかったよ。つまりね」

こちら覗き込んでいた右目が後退し、冷蔵庫の闇に消えると、今度は背後から、竹中くん、と声がした。振り向くとレジに腰掛け、発注用の電子機器を首にかけたぺさんがピッピッと発注作業をしている。僕が振り向いたことに気づくと、視線をこちらに向けた。笑顔だった。

「つまり、努力は勝手にするものなんだ。人に求めるものじゃない。人間は努力をしなくてもいいいし、夢を持たなくてもいい、成功や成長もしなくていい。全力で生きなくてもいいし、何も持ってなくていい。できることだけやって生きればいい。いや、何もできなくたってかまわない。勝手に生きていいんだ。君は西田くんにそう思わなきゃいけない。だって—」

鋭く誠意に満ちた目で、ぺさんは言った。

「絶対に正しい、なんて、世界には存在しないのだから」

僕は動けなくなった。今まで人に何を求めていたんだろう。僕の絶対は絶対じゃなかったのか。欲しい物を手に入れるのには、成功や成長が必要ではなかったか。わからなくなった。

ぺさんが、タブレットを押す。ピッという音とともに世界が一気に暗転する。足の裏の感覚も無くなったが、ぺさんの声だけが響いた。

「君はカレーによって変化することになる。僕との再会もその一部だ。カレーには意思がある。今、カレーは〝消化〟よりも〝消費〟に走った人間達を危惧しているんだ。だから、カレーは変化を生む必要があると考えた。そこで選ばれるのが君だ。これからは本当に必要なものを見極めるんだ。カレーはそれを望んでいる」

カレーが望んでいる？　どういうことだ？　わからなかったが、方眼紙の立方体が天井からゆっくりと開くと、そっちに意識が集中して、そんなことはどうでもよくなった。光が差し込んでくる。次第に身体がポカポカと温かくなっていく。何かに祝福されている気がした。

夢から覚めるところだろうと目をつぶろうとした、その時、天井の一部が壊されたようにめくれた。すると、そこからボウリングの球みたいな瞳をもった大きな目玉が血を垂れ流し、血管を引きずりながら虫のように入り込んできた。今、体感している世界に異物が入り込んだ、そんな印象を受けた。目玉は神経みたいなものがつながっていて、かろうじて宙に浮いている。目玉は毛細血管を滲ませたまま、口を形成し、耳を形成し、血だるまの顔になった。その顔は僕だった。血だるまの僕が僕に囁く。

「あなたの損が壊れました。あなたは、私達に選ばれました。」

血だるまの僕はそう言い終わると発光した。目を開けていられない。

一段とまわりが白くなり眩しくなった。

白い世界に輪郭が生まれ、視界が回復する。

「竹中さん大丈夫ですか？」

「え？」

火照った頬に温かい涙がゆっくりと流れた。

「大丈夫かな？　竹中さん、どんな気分ですか？」

塚本院長が話かけてきた。まだ地下室だった。

「え？　いや、なんというか、説明が難しいんですが、すっきりしてます」

雨音に静かに起こされる日曜の朝、みたいな気分だった。充実した睡眠をとったような。

「そうですね。何を見ましたか？」

「懐かしい人と出会う夢です。バイト先の先輩でした」

塚本院長が瞳の奥を覗き込んできた。何が映ったのかわからないが、深く二回頷いた。

「少し、目が変わったね。先輩は何か言ってました？」

「努力は勝手だって、世の中に絶対はないって。こんな話、昔されてたのかな？　いや、なんでもありません」

「それは良かった。和ッサムの効果があったみたいですね。今日のところはこれで終わりです。ではー」

僕は塚本院長の言葉を遮って続けた。

「もうひとつ見ました。目玉が、目玉が僕になって囁いたんです」

塚本院長の眉間に不可解さが刻まれた。

「目玉？　それは何か言いましたか？」

「はい、えーと、『私は、あなたを選びました』って」

それを聞くや塚本院長は大きく手を叩いて、声を上げた。全く予想ができないタイミングだったのでシナモン中村も笠井さんもビクッと動く。

「カレーに選ばれた！　久しく見ていない！　おめでとう！　あなたは、和ッサムがきっかけでカレーに選ばれたんだ」

塚本院長の瞳が潤い、黒目だけになる。目尻を垂らし、恐ろしさの方が滲む破顔で僕を見つめる。声量がさらに倍になる。

「選ばれた者には祝福を！　これは人智の及ばないところの話です。言うなれば勇者みたいなものに選ばれたということ。竹中さんは、すぐに〝カレーに呼ばれる〟ようになる」

塚本院長はネパールの山椒と言われたティンムールを指先で掴んで見つめながら続ける。

「〝カレーに呼ばれる〟と言うことを説明するのは非常に難しい。簡単に言うと、カレーを通してちょっと奇妙な体験に巻き込まれるということです」

ここで笠井さんが口を開く。笠井さんもシナモン中村もその表情からこの状況を理解しているようには見えなかった。

「奇妙な体験ってどういうことです？　竹中に何が起きたんですか？」

「竹中さんには見えたんです。カレーの意思がね。これから、奇妙な体験、具体的にはわかりませんが、とにかくカレーが関わる事件に巻き込まれていきます。

気づくと竹中さんは自分と同じような人種と出会うことになるでしょう。スパイスの力で引き合ってしまうのです。今は意識しなくていいですが、抗ってはいけません。これからはスパイスを受動して生きるのです。カレーの大いなる力で、あなたは変わっていきます、医者の僕が言うのもなんだがね。あるんですよ、こういう不思議な世界が。笠井さんも彼を助けてあげて下さい」

院長が観衆の代わりも果たすように、また笑顔で拍手を始める。今回はシナモン中村が同調に応えるように連れられて手を叩いたので、どうにか祝福の体をなした。

「あの、これから、僕はどうすればいいんですか？　正直、すっきりはしてますけど、なにか病気を患っているようには今も思えない」

「通院の必要はないです。イライラを感じたら連絡してほしいですが、おそらく、それよりも先に竹中さんからお電話をいただくことになるでしょう」

理解が追いつかないが、理解したい気持ちよりも疲弊の方が勝った。今日は何だったのか。カレーに選ばれて僕の何かが変わったというが、精神的にも、身体的にも変化は感じない。笠井さんにも聞きたいことは山ほどあるがもう疲れすぎた。その辺りは家に帰ってベッドの中で考えよう。ただ、一つだけ。どうしても先にここで確認したいことがあった。

「あの……西田はどうしてますか？」

「ん？　どうしたんですか？」

「やっぱり気になって。会社には数日来ていないし。どうしているのかと思って」

「目の前にいるんだから聞けばいいじゃないですか？」

「目の前？ってどういうこと……」

背もたれに全身をあずけるような体勢をとっていた僕は、座り直すとテーブルの上に和ッサムの小皿が余っているのに気づいた。そして、その先に青白い顔が浮いているのを見つけた。驚いて心臓の鼓動が速くなる。

西田だった。顔が浮いて見えるのは照明の加減らしかったが、あまりにも表情がない。幽霊の顔は見ても思い出せない顔をしている、そんな話を叔父から聞いたことがある。青白く照らされる西田の顔は、まさにその条件を満たしているように見えた。空っぽの顔。目が慣れてから、髭を生やしていることに気づいた。初めて見る。その視線は虚ろで僕の方を見ているが焦点があってない。髪は乱れていて、まとわりつくような体臭が漂っていた。すぐに病床の祖母が放っていた臭気と同じだとわかった。西田の前には和ッサムが一つ置いてある。ぬっと、西田の脇から笠井さんの顔が出てきた。残念そうに嘆く。

「先生、飲まないです」

「やはり、まだ難しいですね。気長にいきましょう」

二人の会話を遮り、何が起きているかを確認する。

「い、いつからここにいたんですか？」

「さっきです。竹中さんが世界に入り込んでいる時に。戻ってきた竹中さんを見たら何か変わるかと思いましたが、やはりまだ時間がかかるようですね」

シナモン中村の方を見上げると、彼女は目線は外して、ゆっくりと後ろを向いて部屋から出ていった。声が出ない。塚本院長の顔が僕に近づく。もう手錠は外されているのに動けなかった。生ぬるい吐息が耳を覆う。院長が西田に人差し指を向けた。

「人を壊した過去は消えない。一生背負って生きて下さいね。相手も一生憶えてますから」

【初台スパイス食堂 和魂印才たんどーる 店舗情報】

住　　所　東京都新宿区西新宿4-41-10 スカイコート西新宿1F
最 寄 駅　京王新線「初台駅」東口より徒歩5分
T　E　L　03-6276-2225
営業時間　［水・木・金］11:45～14:30ラストオーダー ※売り切れ仕舞いの場合もあり
　　　　　［土］18:00～21:00ラストオーダー（不定期営業）
定 休 日　日曜日、月曜日、火曜日

※地下室は塚本院長の研究使用時のみ利用。

※あの和ッサムスープも掲載されたレシピ本『にっぽんのインドカレー　初台スパイス食堂 和魂印才たんどーるの店主が教える本格おうちレシピ』（東京ニュース通信社）絶賛発売中。

EPISODE 2

時空を超えるカーラン

【声】


長い間繰り返し同じことをしているうちに、そうすることが決まりのようになっていくことを人間の世界では「習慣」と呼ぶ。

それは毎朝5㎞のランニングだったり、グルテンフリーの食事だったり、神への祈りだったりで様々だ。

私達は人間の習慣と密接な関係にある。

特に宗教に付属する習慣は関係が深い。牛への神聖視や豚の不浄などから生まれる禁忌に応えて私達は変化してきた。

だから、人間の習慣は昔から馴染み深い。敢えて「習慣」と題して公表されるようなものは、大概がポジティブなものとして捉えられてきたことも知っている。わざわざ善習慣とか、良習慣とか言う人間はいなかった。つまり、習慣という言葉はそれだけで既に「未来への投資」という構造になっている。習慣とは良いものと見なされているのだ。

しかし、悪がつく、悪習慣というものも存在する。偏った食生活、喫煙、深酒、ギャンブルなどで、人間の世界ではネガティブなイメージがつくもの。その多くは一定の年齢制限を条件に誰かの迷惑にならなければ個人の勝手で良いと判断されているが、私達はここを非常に慎重に考えている。

なぜなら、悪習慣は過度になると依存症という病に変わってしまうからだ。ドラッグやアルコールはもちろん、ギャンブルや万引きなどもそうだ。どちらも脳の疾患と認定される。依存が強くなることで脳の神経回路が変化してしまうのだ。それが原因で、やめたくてもやめられない、つまり理性が効かない状態が作られてしまう。

そこまでに至ってはならない。ゆるやかでいいのだ。私達は人間との関係が、依存の領域に達してしまわないように絶妙に距離をとっている。わかりやすい失敗例はタバコだ。彼等は後先を考えずに人間を飲み込みすぎた。これ以上拡がることはありえないだろう。変容も乏しかった。

ただ、ここで善いとされる習慣にもメスを入れる必要があることを忘れてはならない。

それは、なぜ「やめられなくなっている」状態にまで達した善の習慣を依存症とは呼ばないのか？ということだ。

どうしても朝５㎞走らないと気が済まないという人間は、ランニング依存症ではないのだろうか？　走り過ぎて寿命を縮めている者もいる。絶対菜食主義のヴィーガンは野菜依存症、いや正確には、その信念に対しての依存症としないのだろうか？動物愛護の思想から肉を食べない人間もいるが、それも過度になると肉を食べる人間を攻撃したりする。他にも祈りだ。つまり、神への依存症は？　もうこれは世界中で起きているテロ行為が、その証左ではないか？　そして、経済成長への依存が地球を破壊していることは明白な事実だ。

これは現代に限った話ではない。昔から変わらず、善の習慣と思われてきたものが災いを生むのだ。しかし、それは依存症とされてこなかった。悪い習慣の被害よりも遥かに大きい損害を招くことさえあるのに。

これから人間達には善の習慣も、悪の習慣も差はないということを理解してもらう必要がある。そうしないと、私達がこれ以上繁殖することができないのだ。

だから、私達は考えた。まず、悪習慣が完全に肯定できてしまう世界が必要なのではないかと。そうすれば、善の習慣を肯定する濃度が薄まるかもしれない。あくまで実験的にそういう世界を作ってみた。

台湾発のスマートフォンメーカーであるＨＣＣのＳＮＳを活用する新規プロジェクトは、コンペで見事にうちの会社で獲得することができた。別件でも代理店のＥＲＴコンサルティングとは良い関係を築けているので受託の確立は低くは無かったが、プレゼンには時間をかけていたので喜びはひとしおだった。とは言え、進行スケジュールに余裕も無かったので喜びに浸ってもいられない。プロジェクトメンバーで定例ミーティングを調整する。

ＥＲＴコンサルティングへの定例報告会は先方の都合にも合わせて毎月第１週の木曜15時となった。ここに場合によっては、必要に合わせてＨＣＣとのミーティングも入ってくる。社内での定例ミーティングは毎週木曜の10時とした。このプロジェクトの資料作成にかける時間を水曜から木曜までに圧縮させたかったからだ。これで基本的な運用仕事はしつつも、一番大切な客先に行く際は、水曜に資料の作成指示をして、木曜午前10時にアウトプットのチェック、そこから手直しが必要なら調整して15時には資料を持っていくという流れができる。こういう枠組みができれば、あとはチームがどう自走できるかだ。今回はクライアントも代理店もこういったキャンペーンに慣れている。だから、若い奴らがちゃんと活躍できるようにした方がいいと思った。

チームの責任者として僕、営業担当は池内、広告の解析を担当するのが高橋と、ウェブサイトのキャンペーンページを作るのは僕の3歳年下のディレクター田山、そして、そのアシスタントはインターンから入社した後藤ちゃんだ。

「はい、ということで、この分担で進めます。今回は制作の田山を中心に動いて下さい。実質リーダーね。基本的にページのデザインや解析結果からの修正に、僕は口を突っ込まないつもり。こういうのは、もう君達だけで出来るようにならないとね。でも、ちゃんと失敗してもケツは拭くから安心してくれ。あ、でも池内は、こういう時の営業の役割ってまだわかってないよね。その辺はおいおい話していこうか、じゃあ、キャンペーンスケジュールの確認ね」

一通り役割を話した後に四半期のキャンペーンのスケジュールを確認して解散した。デスクに戻る途中に田山が話しかけてきた。

「竹中さん、あの、ありがとうございます」

「へ？　なんだよ」

「いや、竹中さんが、誰かに任せるって今まで無かったじゃないですか。自分のこと買ってくれたんだなと思って。ありがとうございます。頑張ります」

「そうか？　うんー、そうかな。今まで無かった？　まあ、働くってそういうことじゃんか。できること増やして、結果作って、そういう経験した社員が多い方が個人にも会社にも利益になるわけだし」

「竹中さん……なんか変わったすね。近づけないオーラみたいのが無くなったというか。もしかして仏の道に興味を持ったとか？」

そう言われてみると。ちょっと前の自分なら仕事で足を引っ張られたりすると近くの机やゴミ箱を蹴っ飛ばしたり、ミスしました、なんてメールが送られてきたら、どうやってこのバカを吊し上げてやろうか、ってことばかり考えてたのに。なんだかおおらかだ。これも和ッサムやカレーの効能だろうか。

「いや、ちょっと変な体験はしたけど。仏は関係ないかな」

「そうですか。とにかく頑張りますね、僕。あ、それと、クライアントへの報告会っていつも14時にしてって言ってませんでしたっけ？　なんで今回は15時なんですか？」

「え？　あー、あ、うん、たまたま。ERTコンサルティングさんが、そのほうがいいってね」

僕は後輩に客の時間を午後にもらうなら14時がいいと教えていた。13時だとランチに行った人が帰ってこれず、会議自体が遅れることが増える。それ以降は人間の集中力は昼寝でもしない限り下がる一方なので、なるべく早くの14時がいいと教えてきた。なぜ今回は15時にしたかというと、実はERTコンサルティングの都合ではない。時計を見る。12時30分を越えていた。しまった。

「ちょっと約束があるんで、またな！」

白いフレームのメガネを右手でずらしながら、田山は訝しんだ顔をする。パソコンをデスクに置いて、小走りになって階段を駆け下りた。エレベーターを待っている時間が惜しいのだ。僕はこれから明治通り沿いで恵比寿と渋谷の間にあるカレーハウス「チリチリ」に向かう。いつも行列だがもうすぐ移転するらしく、最近はさらに長蛇の列となっているらしい。急がねば。僕は手を上げてタクシーを捕まえるが、あー！　くそ！　個人タクシーだった！　個タクはPASMOが使えないケースが多いので乗らない主義なのに！　でも一刻も早くチリチリに向かわねば。しょうがない。現金を確認して乗り込んだ。

「明治通りに出て、渋谷方面へ！　途中で降りるときに言いますから！　急ぎでお願いします！」

初老の運転手が僕の勢いに押されて慌ててアクセル踏む。僕はできるだけ会話もしたくないから注意されるまえにシートベルトを締めた。

塚本院長が言っていたことは本当だった。確かに和ッサムを飲んでから僕の身体は変化した。食に興味が薄かった僕が、できるだけスパイスが効いているものを欲するようになったのだ。少し大袈裟に言うと和食、洋食みたいなものが頭に入ってこない。とにかく「カレー」という文字に反応してしまう。

あの出来事があってから知ったのだが、実は笠井さんも相当カレーに詳しい。塚本院長に出会ってから開眼したそうだ。笠井さんは会社のある恵比寿はもちろん、隣の渋谷、目黒のカレー屋は殆ど知り尽くしているようだった。最近は僕をいろんなカレー屋に誘ってくれる。笠井さんに連れられて改めて気づいたのだが、カレーはインド料理店にだけあるものではない。アジア料理にはタイのカレーがあるし、喫茶店にも、牛丼屋にも必ずカレーはある。日本でカレーに困ることはないのだ。そして、これが一番の変化だが、できるだけ美味いカレーを食べたいと思うようになった。効率より味を求めている。ERTコンサルティングの報告会を15時にしたのも、これが理由だ。ERTコンサルティングは四谷にあるので、新宿の行きたいと思っているカレー屋のランチ営業時間を考慮すると15時が妥当な時間なのだ。こんな感じで昼時はカレーを中心にスケジュールを組むようになってきている。

今日は僕から笠井さんを誘ってカレー屋へと思ったのだが、なんとインフルエンザになってしまったらしい。六日間の出勤停止だ。最近、罹った奴を見てなかったが、そういえば感染症って、そういう会社規定があった。今のプロジェクトは走り始めなので、定例会議に出れなくなると、かなりまずい。本当に気をつけないといけない。

西田は相変わらず欠勤が続いている。そのうち原因ではないか、という矛先は上司達に向くだろう。僕と同じように西田を扱っていたであろう中堅社員が4人くらいがすぐ思い浮かぶ。

僕も含め、あくまで仕事の上で強くあたっていたに過ぎないという建前は作れるが、パワハラみたいなものの証拠は出てくるだろうか？　いじめたつもりはないが、そう捉えられてもおかしくなさそうな会話が、チャットワークとかに残っているかもしれなかった。会社からだけじゃなく、労働基準監督署とか、西田の親とか、そんなところから刺されるくらいなら、自分から退職して次の勤め先を探した方がいいように思えた。

日本には責任をとって辞職という文化がある。あれって一定のポストのある役職なら意味があるのかもしれないけど、ＩＴ業界みたいな転職が比較的多い業界では都合のいい逃げ口上になる。プロジェクトに失敗して、居心地悪いから転職みたいな人達だ。かっこわりーなーと思っていたけれど、まさか自分がそれを使うことになるかもしれないとは皮肉なものだ。

笠井さんからは、西田のことは口外しないようにと言われている。僕が辞めると言ったら止めるだろうか。今後の身の振り方を笠井さんにはまだ話せないでいた。

ここでタクシーが並木橋の交差点まで来てしまったことに気づく。止めて支払いを済ませてチリチリに戻るように歩きだす。案の定、長蛇の列だ。でも回転率が早いので大丈夫。売り切れでなければ入れる。店名に偽りなく、かなりスパイシー。獰猛な辛さだが、辛いだけでなくトマトの旨味がある。クセになる味だ。実は三日前にも来ているのだ。依存症かもしれないなと笑ってしまう。今日はチキンマサラにチャナ豆をトッピング、それに、ほうれん草までお願いしよう。チャナ豆って、ひよこ豆のことなんだな。淡白な感じがこのカレーに合う。渋谷、恵比寿界隈のカレー屋をできるだけ食べたいのだが、こんなに美味いカレーが移転で無くなってしまうのは悲しい。可能な限り食べておくしかない。並んでる間にどこに移転するのか食べログで調べる。口コミには埼玉県の戸田公園とあった。いやー、行けなくはないが、平日はなかなか厳しいな。視線を列に戻すと、二人前に同じように食べログを検索している人を見つけた。僕と同じページを見ている。どこかで見たことがある。

うちの会社に半年前くらいに入社してきた人事部の人だ。笠井さんとは違うシマにいる寡黙でアゴヒゲとモミアゲがつながっている人。普段は接触が殆どないが間違いない。温和そうとも、厳しそうともとれる顔だ。年齢は40代後半といったところだろうか。白いボタンダウンシャツにジーンズを履いてアウトドアブランドの薄いダウンジャケットを着ている。ダウンのブランドはスノーピーク。清潔感はありつつもプライベートのアクティブ感が漏れ出しちゃってるタイプ。あちらは僕に気づいてないようだ。別に話しかける必要もないんだが、なんとなく話かけるか迷っていると、人事部のおじさんは先に呼ばれてカウンターに吸い込まれた。

すぐに僕もカウンターに通され、あのおじさんと4席離れて座り、お目当てのカレーを食べる。やはり問答無用に美味い。辛くていい。うなじと、目元に汗をかく。頭からすぅーっと力が抜ける。これは汗腺が開いている状態だ。力がみなぎっていくのがわかる。発汗が止まらない。スパイスの作用を感じる。恍惚としていると人事部のおじさんがお会計を済ませて出ようとしているのに気づいた。僕も食べ終わっていたので、早々に会計を済ませてあとを追う。明治通り沿いをまっすぐ歩いていたのですぐに追いついた。

「すみません、デジタルハグの人事部の方ですよね？」

「はぁ？　はい、そうですけど」

「僕、同じデジタルハグの竹中です。セールス・マーケティング部の」

「あ、そうなんですか？　ごめんなさい、でも、なんとなくお顔は。お名前知らなくてごめんなさい」

「いえいえ、人事部に笠井さん、いますよね？　うちの部から人事部に移った、あのでっかい人。あの今、インフルで休んでる人。僕は笠井さんの部下だった時期が長いんですよ」

「あー、はいはい。それでか。なんとなく、お二人が一緒にいるのを思い出しました。でも、僕は求人広告をまとめる担当なんですよ。だから同じ部でも笠井さんともそこまで接点無くて。あ、貝塚と言います」

　ということは、貝塚と名乗るこのおじさんは、僕のことも知らないし、おそらく笠井さんが西田のことで色々と動いていることは把握していないだろう。

「あ、いや、全然気にしないでください。さっきカレー屋にいましたよね。チリチリ。僕もいたんですよ。カレー好きなのかな？って思って」

「え！　いたの！　あ、そうですか。カレー好きなんですよ。なんか嬉しいな、よくチリチリ行くんですか？　でもー……」

「移転しちゃうんですよね。戸田公園に」

「そうそう。よく知ってますね。もともとあっちの方でやってたから、本当は戻るってことらしいですけど」

「詳しいんですね。他にこの辺のカレー屋さんってどっか行くんですか？」

「いやググった知識ですから。僕の友達にすごいカレー好きがいるんですよ。やたらお店とか好きなスパイスとかを推してくるの。チリチリもそのうちの一つで。気づいたら僕も完全にカレーにハマっちゃった。今、週3はカレー食べてますよ」

「へー、貝塚さん、僕にもそういう情報をシェアしてくださいよ。僕も最近カレーに目覚めまして」

会社までの帰り道はひとしきりカレーの話ばかりになった。貝塚さんもこの辺のカレー屋は、ほぼ制覇していた。今日はやっぱり移転が近いからということでチリチリにしたそうだ。明日は目黒駅から徒歩圏内のお店を攻めると聞いて、僕も便乗させてもらうことになった。「気になっているとんかつ屋のカツカレーがあるんですよ」と素朴な雰囲気なのにカレーのことになると陽気なトーンに変わる貝塚さん。おもしろいおじさんだ。

会社に帰ると、笠井さんからチャットワークにメッセージが入っていた。西田が前よりも回復の傾向にあるらしい。それは良かったと安心したが、復職の可能性もあるという。退職しないとなると、やはり、今のうちに転職活動を始める必要がある。その日は夕方から会社を抜けて転職サイトの登録に時間をかけた。

翌日は約束通り、貝塚さんと目黒のとんかつ屋に向かった。共通の趣味というのは年齢差という壁をいとも簡単に破壊する。その日はボリュームばっちりのカツカレーを食べ、その翌日も僕は貝塚さんと一緒にカレーの旅に出た。

恵比寿から日比谷線に乗って中目黒で乗り継いで、祐天寺まで足を伸ばす。人気の間借りカレーがあるらしい。間借りカレーというのは、BARや居酒屋などの夜の営業しかしていない店の昼帯を借りて営業するカレー屋のことで、サラリーマンが土日のお昼だけ営業するパターンもあれば、お店を持つ前の試験営業なんてこともある。借り手は初期投資をかけずにカレー販売ができるし、貸し手は使っていない時間の有効活用で収入が得られる。ともにメリットがあっていい。最近、このスタイルが増えていて、間借りカレーから名店も生まれているそうだ。

ここでカレーを待っている間に、貝塚さんの入社の経緯なんかを聞く。貝塚さんは、もともとはウェブメディアからリアルイベントまでこなすようなIT会社にいたそうだ。企画とか作り手側の人間だったが、後進を育てる役になり人事を兼務していたら、役職に就けと言われて退職。どうせならベンチャーっぽいところに行ってみたいなと、エージェントを通してうちの会社に来た、ということらしい。

そうこうしているうちにカレーが来た。甘さと辛さが絶妙なマトンキーマ。そこにスパイスで軽く色付けされた半熟卵がそのまま上に載り、立体的な高さが出るカレー。レビューの前評判通り美味かった。

帰り道、貝塚さんとカレーの感想を語りながら帰った。

「トッピングが大胆だったよね。見てよ、この盛りの高さ。スパイス玉子をまるまる乗っけるのは初めてだったな」

貝塚さんがさっき投稿したFacebookの写真を見せてくる。確かに盛り付けが面白かったが、それ以上に撮り方に感心した。スマホの撮影技術が高い。

「貝塚さん、撮るのうまいっすねー」

「まー、娘を撮るので鍛えられてるからねぇ」

貝塚さんの娘さんはまだ小さくて6歳だ。Facebookのタイムラインでよく見かける。娘さんの投稿は活発に外で遊んでいる姿が多いが、中には塗り絵の色彩感覚が非凡で面白かったり、餃子を包むのが上手かったりとクリエイティブな一面も覗かせる。貝塚さんもアウトドア野郎なのに映画とかアニメのインドア趣味にも異常に詳しいから、きっと似ているんだろう。貝塚さんが作ったカレーが酷評されてて笑った。

「まー、もうちょっとしたら娘にも奥さんにも相手にされなくなっちゃうかもしれないけど。そしたらカレーが恋人だな」

「いやいや。娘さん、まだ、そんな年じゃないでしょう？」

「君はまだ若い。おじさんになるってことをまだ理解していないね。おじさんになるということはね、距離が作られていくということなんだ。そして、いろんなことを気持ち良く、上手に諦めていくことが必要なんだよ。執着は減らさないとみっともないのさ」

「まー、貝塚さんは〝あやしいおじさん〟に見られがちでしょうけどね」

僕が、そう言うと、貝塚さんがピタっと静止した。

「あやしいおじさん、だって？」

貝塚さんの眉間にしわが刻まれる。〝あやしいおじさん〟が、そんなに気に障ったのか？そんなことで気を悪くするような狭量な人には見えないが、出会って日も浅い。地雷がわかりづらいタイプなのだろうか。

「竹中くん、思い出した。明日なんだけど朝から大森に行かない？　エクストリーム出社だ」

「え？　どこ行くんですか⁇」

「大森に南インド料理のお店があって、そこがすんごい変わってるらしいんだよ。『あやしいおぢさん』って呼ばれてる人がやってるんだって。普通のおじさん、じゃないよ。ち、にテンテンで、おぢさん。食べログに書いてあった。竹中くんに言われてハッと思い出したよ」

「びっくりしましたよ。なんだ、そういうことか。怒ったのかと思いました。で、何がそんなに変わっているんですか？」

「朝の7時ぐらいから12時前までしかやってないんだって。ティファンって南インドの朝飯セットを出してるらしいんだよね。そこにカレーも入ってるっぽい」

「そんなところあるんですね。おもしろそう。明日のタスクは、たいしたことないのでいいですよ、行きましょう。」

「よし、決まり。9時半出社で考えると、お店を出るのが8時半過ぎであれば余裕か。7時半に大森駅集合だね。カレーのために6時起きだ」

仕事で早起きするのは滅入るが、カレーだと気にならないし、遅刻する気もしない。ちょっと前なら全く考えられない感覚だ。全く共感できなかったが、ゴルフが好きな連中も、きっとこんな感覚で早起きしてグリーンに向かうんだろう。習慣というのは、もしかするとインセンティブなのかもしれない。脳が喜ぶ何かを得ると、それが身体を酷使するようなことであっても、全く障壁にならないという例は沢山ありそうだ。

帰宅すると転職サイトを通して2社くらいから感触がいい返事が来ていた。やはり、僕みたいなITの知識があって営業できて、それなりにチームリーダーのキャリアがある人間は就職しやすいようだ。もう少し余裕をもって会社を決めてもいいなとハイボールをあおる。facebookを見ると貝塚さんの投稿に笠井さんから「羨ましい！」とコメントが入っていた。「インフルのお勧めが終わったら一緒に行きましょう」と僕が割り込んで返信した。

大森駅に着くと雨が降っていた。今年は暖冬の予想だが今朝はかなり冷え込んでいる。少し厚手のコートくらいは欲しい気温だ。ホームでジャージ姿の高校生達とすれ違う。ジャージには高校の名前がアルファベットで入っていてバスケットボールのデザインが描かれていた。短髪でしゃんとしている。まわりのサラリーマンが淀んでいるので、尚のこと眩しい。これから朝練だろうか？ 小走りで車両の先頭の方に向かっていく。軽く息が白い。それが弾んで見えた。自分にも高校生の頃に坊主頭でバスケ部の時代があって、あの感じがシンクロする。強豪校で成績は良かったが、いい思い出は少ない。経験として役にも立っているが、あの頃は監督と先輩の言うことは絶対で、軍隊教育みたいなものを経験した最後の世代かもしれないなと今は思う。

集合時間の15分前に到着した。大森には大学の先輩に美味い焼き鳥丼があると連れてきてもらったことがある。学生2人がランチで来るには、勇気がいるような老舗の高級店だった。今思うと先輩も20歳そこそこの学生だったくせに、よくこの辺のローカルグルメなんて知っていたもんだ。コーヒーでも飲もうと改札を抜けるともう貝塚さんが到着していた。こっちに向かって殆ど無表情で手を振っている。

「おはようございます。貝塚さん、神奈川に住んでるのに早いっすねー。茅ヶ崎でしたっけ？」

「そう。遠いけど乗り換えが楽なんだよね。早かったからガラガラで全然しんどくなかったよ」

貝塚さんは傘の先端が進行方向に向くように柄を持って歩き出す。それが剣みたいでおじさんだけどゲームの勇者による先導みたいになった。改札から右に歩き、西口に出ると目の前は池上通りだ。大きな車道で両側がアーケード商店街になっている。いろんな個人飲食店から、ミスタードーナツみたいなチェーン、ファミレス、映画館もある。休日昼間はけっこうな賑わいを見せるだろう。駅の階段を降りて左折する。しばらくすると高架とガードが左手に現れたが、あまりにもその高さが低くて驚く。それなりに奥行きもあるので偶然にも勇者の一行にダンジョンが出現したような巡り合わせだ。そこから歩いていくらもしないうちに店に着いた。

店名は「ケララの風モーニング」とある。入り口の店構えは家庭的というか、そこまで変哲のないよくある喫茶店みたいだ。本当にここでティファンという南インドの軽食が食

べられるのだろうか。貝塚さんがG-SHOCKを確認する。開店はしている時間だ。どことなく窓から店内を探ろうとするが、磨りガラスなので中の様子が伺いしれない。躊躇しつつも、貝塚さんがドアを開けて確認にいく。僕は、そのとき軒先を眺めていた。珍しい鉢植えがあったのだ。変わった植物で細かな葉が垂れ下がっている。あまり見たことがない品種だ。

「葉を香ってみてください」

振り返ると小太りで白髪のおじさんがニコニコと笑顔を浮かべながら立っていた。陽気さが溢れているが、眼力がとても強く、白い眉が茂っている。七福神の中にいそうな風体だ。だいぶ年上だろうが、やけに溌剌としている。

「それはカレーリーフ。知ってる？　寒い冬は外に出してちゃダメなんだけど、さっき掃除するときに出しっぱなしにしちゃったんだ。メンゴ。メンゴ。この葉っぱはいい匂いがするんですよ。葉の裏の香りを嗅いでみてよ」

メンゴという言葉選びで、今の時代には貴重な人だということがわかった。恐る恐る葉の香りを嗅ぐ。おお！　とても力強い香りだ。かといって不思議とクセみたいなものは無いように感じる。

「いい香りでしょう。でも寒いから今は弱々しい。夏はもっと力強くなるんだ。まあ、入って入って」

「あ、お店の方ですね。宜しくお願いします」

ドアを開けると、凄まじい勢いでスパイスの香りが押し寄せてきた。特徴的なこの香り、これはまさに今嗅いだ植物、カレーリーフだ。間違いない。さっきよりもさらに強く濃くなって駆け抜けていく。芳香はすぐに期待へと変わった。さっきのおじさんは、気づくと奥のキッチンに消えていった。

店内はテーブル席が4つとカウンター席が別にある。僕たち以外にお客は二組。テーブルにご近所さんと思われるおじさんが一人と、カウンターに出勤前みたいな女性が一人。意外に店内は広い。見渡していると何か違和感があった。普通の飲食店とはどこか違うような。

「竹中くん、こっちこっち」

貝塚さんがメニューを眺めながら僕を呼ぶ。向かい合うように壁側の席に座ると、そこで違和感の正体がわかった。カウンター席の隣に客席に面して洗面台があるのだ。こういう洗面台って普通はトイレを出た横とかに客席からは見えないように設置されているものだ。なのに洗面台の近くにトイレはない。思いっきり独立洗面台として存在している。なんでここに？　設計ミスにしては大胆過ぎる。何か意図があるはずだ。

「貝塚さん、あそこ。なんであんなところに洗面台があるんでしょうね？」

「うん？　あ、ほんとだ。わきにトイレ無いよな。不思議だ」

「でしょ？　入った時から、なんか変だと思って」

すぐに初老の女性が水を持ってきてくれた。先程のおじさんの奥様だろうか。おばちゃんというには品がいい。着飾っているようなタイプではないがマダムとかおばさまが呼び方としては相応しい雰囲気だ。

「いらっしゃいませ。何になさいますか？」

「あ、注文の前にひとついいですか？　気になったんですけど、なんであそこに洗面台があるんですか？　トイレは近くにないですよね？」

「あれは手を洗うところです。手で食べる前と後にあそこで手を洗うんですよ」

「え⁉　手で食べないといけないんですか？」

「いえいえ、食べ方はお客様の自由。うちはインド人のお客さんもよくいらっしゃるから。南インドでは、食堂に行くと、あんなふうに洗面台があるんですよ」

「へー、そういうことか。びっくりしました」

「でも、手で食べた方が美味しいんですよ。日本人のお客様でもいらっしゃるわ。今はミールスをやってないから、お試しいただけませんけど、スパイスが効いたいろんな副菜やスープを手で混ぜて食べると味の変化が複雑で実に美味しいんです」

「ミールス？　ミールスってなんですか？」

「ミールスは南インドのカレー定食って言われたりします。お米に野菜カレーとスパイスを使った副菜、スープが付いてくるセットですね。あ、野菜カレーはね、サンバルって言います。うちはカレーって言い方しないの。ちゃんと現地の料理名で言います。ミールスって言うのはそうねぇー、定食なんですけど日本でも一汁三菜みたいな型があるでしょう？そんな感じのセットって憶えてもらった方がいいかもしれませんね」

そこに割って貝塚さんが入ってくる。

「そう言われると、それ食べたいんですが、無いんですよね？」

「今の時間は南インドの軽食ティフィンだけの提供なんです。でも、『全部のせ』をご注文いただければミールスに入ってるカレーも少しお試しいただけますよ。メニューをご覧になって」

言われた通りメニューを見る。A、B、C、Dとセットがあるのだが、セットの構成料理がまったく聞き慣れないものばかりだ。焦る。これは必然的に「全部のせ」が正しい選択になるだろう。現にメニューの半分の面積を使って「全部のせ」の説明がある。ワダ？イドゥリ？　サンバル？　写真も付いているのだが今まで見たことも、聞いたこともない。かろうじて予想できるのはマサラオムレツくらいだ。が、よく見るとそのメニューの中に、もう一つだけ最近知ったスープの名前があることに気づいた。

「ラッサム……これ、たぶん、和ッサムのもとのやつだ」

ひとりごちているつもりが、つい声に出してしまった。するとマダムが間髪入れず、驚きを含んだ早い口調で質問を浴びせてきた。

「今、和ッサムって言わなかった？　あなた、和ッサムを知ってるの？」

何かまずい気がした。勘でしか無いが僕が和ッサムを飲んだ事実を知られてはいけない、そんな予感がした。マダムは迫るような目つきで僕の表情から何かを探ろうとしている。

返事に言い淀んでいると貝塚さんが話しだした。

「ん？　ワサム？　よくわかんないんですけど、そもそも、このメニューにあるラッサムとは何ですか？　スープ⁇」

とぼけたフリをして、その流れに乗る。

「僕もそれを知りたかったんですよ！　アッサムかと思ったら違うんだ？　ラッサムなんですね。これスープですか？　僕はアッサム紅茶の何かに関係あるのかな？って」

マダムがじっと僕を睨んだが、勘違いか、と踏んだようで先程の調子に戻った。

「そうですね。スパイスを使った南インドの刺激的なスープです。他のお店だと、もっとトマトとスパイスを使って濃厚にするのもあるんだけど、うちのは南インドの日常食をめざしてますから、それに比べると少しさっぱりしているかしら。初めてでしたら『全部のせ』がよろしいかと思います」

「では、この全部のせでお願いします。竹中くんもこれでいいよね？」

「はい。一緒でお願いします」

オーダーをとるマダムから先程の怪訝な表情は消え去ったが、僕を一瞥する視線にはまだ疑わしさが宿っていた。

「はい、承知しました。全部のせ2つですね」

伝票を置きにマダムは厨房に向かった。貝塚さんはニコニコとスマホを眺めている。和ッサムについては、何も気づかなかったようだ。マダムのあの反応は何だったんだろうか。和ッサムを知ってるの？　という問いには、知る由もないはずの秘密をなぜお前が知っている、というニュアンスと圧力があった。地下室での塚本院長の言葉を反芻する。たしか、スパイス使い同士は引かれ合うと言っていた。引かれ合うとはどういう意味だろう？　塚本院長とこの夫婦は関係があるのだろうか？　もし和ッサムを知っているスパイス使いとしての「仲間」なら、親近感を抱くような、それこそ同朋として迎えてくれてもいいはずだ。しかし、そうはならなかった。

直感だが、こちらからは何も言わないほうがいいように思えた。僕はこのお店のことをあまりにも知らなすぎる。塚本院長にこの夫妻との関係を聞くまでは適当にやり過ごすのが無難だ。

少し落ち着いて店内を見回す。年季は入っているが、改めて管理がとても行き届いていることがわかる。清潔だ。ん？　YOYOKA？　ずいぶん若い女の子のドラマーのポスターが貼ってある。よく見たらタオルやTシャツも売ってる。ご近所の天才少女だったりするんだろうか？お孫さんの可能性もあるな。あとでググってみよう。それ以外は実にインド。調度品らしいものも手入れされて丁寧に飾られている。これも南インドだろうか。

「貝塚さん、インドってのは、北と南でどれだけ違うんでしょうね？」

「うーん、そうだね。広いから文化も違うんだろうね。見てよ、これ」

貝塚さんがミールスの画像検索結果を見せてくる。どれもライスのまわりを深めの小皿に入ったカレーや野菜料理で囲んでいた。そこに薄いせんべいみたいのがつく。豪華だ。小鉢を並べるみたいなことに近いかもしれない。日本で言うおばんざいかもしれない。

「いやー、すごいね、なんかいろいろ入ってるんだね。米なんだなー。ナンじゃないんだな」

「あー、たしかに。ナンじゃないですね」

「あ、見て見て竹中くん、あの地図」

壁にかかっているインドの地図を指差しながら貝塚さんが話す。

「一番下の方にkeralaって書いてある。ケララだね。このお店の名前だ。一番南にあるインドの州がケララなんだね。なるほどなー」

たしかにそう書いてあった。インドの国土はどれくらい広いのだろう。スマホで画像検索すると日本地図とインド地図を重ねている画像が出てきた。

「貝塚さん、これ見て。すごー。日本と長さはそこまで違わないけど、幅がやばいですね。日本が何個並んで入るんだろ3つは入りますよ」

「インドってやっぱり大きいね。日本人からしたらわからないけど、めちゃくちゃいろんな民族がいるんだろうな」

そんな話をしながら壁のインド地図に視線を戻すと、ちょうど厨房から七福神おじさんが、大きな皿を2つもって現れた。

「はい、お待ちどうさま。全部のせ」

テーブルに置かれた皿は緑色で葉の模様が施してある。皿の上には料理が並ぶ。オムレツ、野菜の炒めもの、野菜のスープカレー、それとスパイスのスープ、メニューからするとこれがラッサム。それに蒸しパン？　ドーナッツ？　あと白いドロッとしたペーストが乗っている。ベーコンとか、ウインナーとか肉を使ったものは無いみたい。遅れて今度はマダムがサンドウィッチを運んできてくれた。一皿に2種。具材はポテトサラダと、プレートにもある白いペーストがここでも使われている。よく見ると黒いゴマみたいなのが入っている。

「さぁどうぞ。召し上がって。さっきさ、ちょっと聞こえちゃったんだけどね。そうそう、インドは他民族国家なんだ。インドは地方によって全然違うよ。私たち夫婦はケララに駐在していたことがあってね」

おじさんは、洗面台の上にあるジャングルで水遊びをしている絵を指差しながら続ける。

「あの絵にある大きな緑の葉はバナナの葉だ。南インドでは、あの葉っぱの上におかずとカレーを乗せてお皿代わりにする。だから、このお皿も緑でバナナの葉を模しているわけ。でも北インドとか、東インドでは、この食事の仕方はしないんだ。ちなみに南インドの人はターバンも巻かないし、ナンも食べないんだよ」

「えー！　そうなんですか！　ナン食べないの！」

「そうそう。日本人はインドのことをナンにも知らないね、ナンちって。二回言っちゃった。はははは。でも本当。まあ、ゆっくりしてってよ」

メンゴに続き、ナンのダジャレ。そういう人か。十中八九、この人が「あやしいおぢさん」に違いない。最初から、その雰囲気が出ていたけど、間違いない。

未知の食べ物達。メニューとにらめっこしながらいただこう。食べ方の補足もある。まず、野菜のドロっとしたスープカレーみたいなの、これがサンバル。さっきマダムが言ってたやつだ。酸味はタマリンドという果実が使われている、と。野菜と豆が溶け合っている感じ。適度な辛さに、ちょっと甘酸っぱい感じもある。朝メシとしてはいいんじゃないかな。身体に良さそう。次にこのサンバルにつけてみるといいと書いてある蒸しパンをひとくち。甘さがなく、意外にも酸味がある。これがイドゥリ。米とウーラッド豆のペーストを発酵させて蒸したもの、らしい。で、隣にあるドーナッツみたいのが、ワダ。食べてみる。おお。ちょっと豆腐のおからっぽい。こちらもウーラッド豆が原料。水につけてペーストにしてから揚げると。徹底して米と豆だ。小麦がない。

「原料が米と豆が中心なんですね。マジでナン食べないんだな」

このワダに白いペースト、ココナッツチャトニーを付けてみる。お！　直球のココナッツの風味。これは美味しい。黒いのはゴマかと思ったらスパイスだ。たぶん、マスタードの粒。で、このサンドウィッチも同じものが入ってる。たしかにパンに合いそうだ。貝塚さんがワダをもりもり食べながら話す。

「不思議な食べ物だね、このワダとイドゥリ？か。ちょっと甘いかと思った」

そう。意外性。なんだろう悪い意味じゃないんだが違和感はある。ワダというドーナッツも、蒸しパンのイドゥリも甘さが無い。この形状、この素材には、どうしても甘さを連想してしまうのが違和感の正体だろう。だから美味しいと感じるまでに距離があるのだ。でも、代わりに少し酸味がある。そして、それがこのココナッツチャトニーと相性がいい。いい組み合わせだ。これが南インドの日常食。僕たちは世界の広さを大田区大森で感じている。

キャベツのトーレンはスパイスとキャベツの炒めもののようだが、白い繊維がついている。この正体は一口食べて、すぐわかった。なんとこれもココナッツ。ココナッツの風味がスパイスと相まってキャベツを包み込む。シャキシャキして美味しい。その脇にある赤いのはなんだろう？　メニューにはない。野菜か？　果物？　とにかく何かの皮らしきものの塩辛い漬物だ。結構辛くて油分もある。酸味も強い。

ジャガイモマサラは、わりとわかりやすい。茹でたじゃがいものスパイス炒めだ。まずくなるわけがない。納得の味。

よし、最後にラッサムを。入り口から強く香ったのはこれだ。軒先で見たカレーリーフが入っている。一口啜る。おお。確かに刺激的だが、いい塩梅に優しい。辛さと酸味の応酬。この酸味もタマリンドってやつか。黒胡椒の辛さを感じる。でも、これならというか、和ッサムの刺激を知っているからか、少し物足りなく感じてしまった。いや、そもそも南インドの日常食に近くしているという点からか、全体的に淡い感じがする。カレーに求める刺激とか、力強さみたいのが、あんまり無い。美味しいは美味しいんだけど。これは完全菜食主義のヴィーガン向きってことなのかも。サンドウィッチを食べながら貝塚さんと目が合った。

「美味しいは、美味しいね」

おそらく貝塚さんは僕と同じだ。珍しいものを食べたが、そういう満足であって、また食べたいという想いが湧く種類の感動がない。

会計を済ませて歩きながら貝塚さんといつものように感想を言い合う。やはりさっきの予想は的中する。

「美味しかったんだけど、イマイチ物足りなかったんだよなー、竹中くんはどう?」

「僕も同じですね。美味しかったんですけどね。軽食のティファンだからかな? ミールスなら違うのかも」

「うんー、でもさっきググったんだけど、南インドって肉料理もあるけど、ベジタリアンの人が多いんだって。だから、野菜中心で方向性は一緒と言うかさ。僕はやっぱり肉が無いとダメなのかも。バチッとカレーらしいカレーが好きなんだなって改めて思ったよ」

「僕もたまにはいいけど、やっぱり肉が入ってる方がいいなー。南インド料理は僕らには向いてないんですね。まあこういうこともありますよね。気を取り直してランチは、２日続けてですが、カツカレーなんてどうですか？」

「ははは。いいね。そうしよう」

寒空の雨は、傘を差すべきか迷わせるくらいの小雨になっていた。

初めてのカレーエクストリーム出社は盛り上がりに欠ける結果になってしまった。結局、いつもの出社時間よりも早く会社に到着する。でも流石に健康的なものを食べたからか、午前中からすごく調子が良かった。朝ごはんをしっかり食べると、いつもよりも昼時の空腹感も深くなるんだな。すごく腹が減った。

人事部に向かうと貝塚さんに急務が発生したらしく、ランチのカツカレーの約束は破談に。しょうがないので一人でカレーをと思ったのだが、なんでかカツカレー熱が冷めてしまった。うろうろと会社のまわりを彷徨ったあげく、結局、カレーじゃなくて野菜たっぷりのタンメンを食べてしまう。自分でも、さらなるなんで？なんだが野菜を摂りたくてしょうがなかった。そんなに肉は入ってないタンメンにしっかりと満足した僕は、会社に戻ってレポートなどの雑務をこなす。これまた野菜中心だったからか眠くなったりせず、作業効率がすこぶるいい。定時にあがって、家に帰ってNetflixをダラダラ流しながらスーパーの惣菜と冷凍うどんを適当に食べ、ハイボール350㎖缶を3本飲んで寝た。

変調が起きたのは早朝だった。身体が熱い。パジャマにしてるスウェットが汗で湿っている。だが風邪や、発熱の類のつらさではない。いや、つらくはないのだ。ただ、ただ、猛烈に、異常に腹が減っているのだ。空腹による快調なうねり音が腸から響く。寝ていられない。トイレにいくと昨今ではお目にかかったことが無いような快便だった。出るものが出ると、もうさらに牙を向いて空腹が襲ってくる。何かがおかしい。すると、ここから本当の異変が始まった。

ティファンが……あのティファンが、食べたくてしょうがないのだ……あんなにイマイチかな？　なんて言ったのに！　今はココナッツチャトニーをつけたイドゥリをラッサムで流し込みたい！　サンバルにワダを沈ませたくてしょうがない！　なんだ、この食欲は！

僕はどうしてしまったんだろうか？　冷静に考えようとテレビをつける。朝のニュース番組では、豊洲市場の競りの様子から、魚河岸が選ぶ朝飯トップ3なんて特集をやっている。見ているだけで腹が減る。見ていられないので、番組を切り替えた。政治家同士の不倫疑惑がニュースで流れる。ホテルで隣同士の部屋を借りていたらしい。なんとも黄昏流星群的で微笑ましいスキャンダルだ。そんなものを見ていたらようやく落ち着いてきた。とにかく何か食べないと。でも、どうせ食べるなら……壁の時計を見ると午前6時28分だった。今日も行ける。僕はシャワーを浴びて、着替えて2日連続の「ケララの風モーニング」への立ち寄り出社を決めた。

大森駅に着くと心地よい朝のひんやりとした空気がホームに漂っていた。改札を抜けると昨日のバスケ部らしい高校生を見かけた。なんと今日は彼女と同伴のようだ。彼女の方は制服だがボーイッシュな印象。地元で付き合ってて、高校が違うパターンか。とてもいい。青い時代に愛は育むべきだ。二人で菓子パンを半分にして食べてる。最高にエモい。ここから登校の電車がデートとなるのか。素晴らしい。

そんな姿を横目に、お店に急ぐ。表参道あたりには「世界一の朝食」なんて呼ばれるパンケーキがあるが、本当の世界一はここ大森の南インドではなかろうか。自分でも浮足立っているのがわかる。もうすぐだ。「また来ちゃいました！」の準備は整っている。本当は連日来店のお出迎えなんて恥ずかしくてされたくない性分なんだ。でも来てしまった。ドアを開ける。またカレーリーフの見事な香りが鼻腔に吸い込まれた。これだ。これなのだ。振り切れた笑顔のまま中に進む。すると、そこに信じられない光景が。

「え？　貝塚さん、なんでいるんすか⁇」

「うわ……竹中くん……君も⁇」

貝塚さんが、カウンターに座っていた。目をパチパチさせていると奥から七福神おじさんが貝塚さんの緑のプレートを持って現れた。

「あら、いらっしゃいませ。え？　待ち合わせじゃないの？　すごいね、ははは。二人ともよっぽど、うちを気に入ってくれたんだね。ありがとう」

「び、びっくりしました、僕も。えと『全部のせ』ください」

言い終わるやいなや、コートを折って貝塚さんの隣に座る。早々に確認したいことがあった。まわりに聞かれると気を悪くされそうなので小声で迫るように話す。

「すごいですね、この偶然！　でも、貝塚さん、イマイチだったなって言ってたじゃないですか？　どうしたんですか？」

「君だって肉入ってるカレーがいいって言ってたじゃないか。でも、うーん、なんかおかしいんだよ。今朝、ものすごい空腹で起きちゃって、そしたら無性にまた食べたくなって、来ちゃったんだよ」

「おお！　僕もです、僕も一緒！　めっちゃ身体が熱くなってませんでした？」

「そうそう！　すごい汗かいて起きてね！　身体の調子がいいんだよ！」

貝塚さんと全く同じだった。南インド料理には健康的でありつつも中毒性に近い要素があるのかもしれない。その要素とは人間が本来必要としている根源的なものに近い気がする。そして、僕達はカレーの新しいステージに登ってしまったのだ。

「お話し中ごめんなさいね。今日も来てくれたのねー。嬉しいわ。はい、『全部のせ』です。」

マダムが持ってきてくれたティファンを10分もしないで、ぺろりと平らげた。野菜しか食べていないのに力が漲ってくる。食べたそばから身体が軽くなった気がした。貝塚さんも、何でだろう？　と不思議がりながらも充実感が顔に現れている。

「竹中くん、同じ気持ちだと思うけど、昨日、奥さんに話してもらった南インドの定食ミールス。僕たちはミールスを食べないといけないよ。都内の南インドレストランを探そう。これはもう使命だよ」

「そうですね。使命ですね。こんなに一気に好みが変わるだなんてすごい。今日行きましょう」

二人で食後のチャイを啜りながら、南インドレストランを探しまくった。ミールスの提供は都内のレストランで増えているみたいだ。目黒駅から徒歩でかなり歩くが、本格的な南インドレストランが最近できたらしい。そこに行こうという話になった。会計を済ませて、外に出ようとすると七福神おじさんに呼び止められた。

「君たち、なんかいいね。いい空気をまとってますよ。あの、もし良かったらなんだけど、うちはときどきプライベートな南インド料理会をやるんだよね。営業に使っていない夜の時間に店でやるんだけど、参加するかい？　君たちはうちを気に入ってくれたみたいだから、どうかなと思って」

貝塚さんが目を丸くして答える。

「え！　いいんですか？　ミールスも出るんですか？」

「もちろん。そうか。君たちはまだ、うちのミールスを食べていないんだね。ちょっと急だが、今晩もその食事会があるんだ。ちょうど欠員がでることになってね。二人でも参加できるけどどう？」

願ってもない話だ。でも、かなり急。今晩は会社のチーム飲みの約束があるのだ。むさ苦しい男どもはどうでもいいが、後藤ちゃんとは乾杯したい。とはいえ、ここでこのお誘いを断るのはいかがなものか。今こそが、今後の南インドカレー探訪において大変重要な局面であることは間違いない。飲み会は遅れて出席すればいい。どうせ終電近くまで飲むに決まってるし、どうせ辞めるのだ。チームマネジメントなんて考えなくていい。と、ここでふと我に返る。僕がこんなに仕事以外で無理してまでスケジュールを組むようなことがあっただろうか？　合コンのダブルブッキングみたいじゃないか。自分の変様に戸惑っていると、貝塚さんは僕のことなんか置いてきぼりで赴くままに参加を伝える。

「ありがとうございます。僕は大丈夫です。一人でも参加します。竹中くんは？」

隣の人の気合いが違った。一人でも行くんだ。

「僕も大丈夫です！ちょっと早めに上がらせていただくかもしれませんが宜しくお願いします！」

「ははは、よし決まりー。いいね。では、本日の19時半にここで。お酒を飲む人は、各自買ってきて下さい。会費は3千円。持ち込みはOKです。目の前にカクヤスあるでしょ。あそことかでね。私の楽しいトーク付きだから、眠くならないようにね！　じゃーまた、よろしくどうぞ」

3千円は安すぎませんか？　と聞いたが、私のプライベートの会みたいなもんだから、材料費だけでいいと頑として聞かない。申し訳ない気持ちにもなったが、このおじさんらしいとも思い、お誘いをありがたく受け入れた。ここで名前を聞いていないことに気づく。

「あ、そうだ。すみません、お名前伺ってもいいですか？」

「沼尻と言います」

急速に南インドが接近している。笠井さん、かわいそうだけど、また羨ましがるだろうな。案内役は沼尻さんだ。新しい発見が約束されているというのは、こんなにも楽しいものなのか。外に出れば朝の露っぽさは吹き飛び、すっきりとした快晴がアーケードの向こう側に確認できた。爽快な気分。しかし、このとき僕は失念していた。沼尻という名前を知っているかと、塚本院長に聞くべきことを。

大森から会社のある恵比寿駅のホームに着いたのが9時過ぎくらいだった。腹も満たされているし、今朝は昨日と違って天気がいい。勤労の意欲が湧いてくる。貝塚さんがトイレに行くというので、ブルーボトルの前あたりで待つと伝える。西口の改札を抜けて左に曲がる。ロータリーの方を見ると、ベンチの近くで豪快に吐かれたゲロに群がる鳩がいた。さっきまで気分が良かったのに最悪だ。鳩って平和の象徴のクセにゲロを食う。そのゲロに気づかずスマホを見ながら歩く前髪パッツンのおしゃれ女子がゲロに直進する。鳩が羽ばたいて軽く悲鳴をあげる。ようやくゲロに気づくが、時既に遅し。可哀想に、ヒールでちょっと踏んでいた。

今日は木曜日だったので午前中はＥＲＴコンサルティングとの定例ミーティングがあった。台湾のＨＣＣは日本ではそんなに知られていないが、Appleもその技術に一目置く会社で、今年のクリスマス商戦は新作のスマートフォンが出たばかりなのでメチャクチャ気合いが入っていた。うちの会社は、ＳＮＳと連動したキャンペーンを請け負っていて9月から仕込みの準備をしている。携帯販売の現場経験がある営業担当の池内はしっかりとお客さんの心を掴んでいるし、特設ページのデザインは、ほぼ決まったので田山のパートは順調。今日のメインはKGI（Key Goal Indicatorという何を持って成果が出たかを判断する評価指標）の確認だ。特設サイトのアクセス数、キャンペーン参加者数、どれくらいSNSのフォロワーが増えたか、など計測する項目を改めて洗い出す。併せて過去実績から同じようなキャンペーンでどれくらい成果を得られたのかも調査する。こういったことができるのがうちの会社の資産だ。この辺は高橋が中心になっていて、理論的にはなかなか満足のいく施策になりそうだとわかり安心した。

田山は今日も白いフレームの眼鏡をかけている。クリエイター臭がすごい。中指でクイッと眼鏡を直すと話し出した。

「竹中さん、今晩の飲み会なんですが店は任せてもらえませんか？」

「え、なんだよ。我らの居酒屋吉柳でいいじゃんか。おまえ、スープカレーまであるあんな素晴らしい店は他にないんだぞ」

「後藤ちゃんが、イタリアンがいいと。タコ公園の向かいにあるイタリアンがいいと」

「わかった。奇遇だ。実は今日、俺もイタリアンでもいいんじゃないかと思ってたんだよ」

田山が、こいつ簡単だなという呆れ顔を後藤ちゃんに向ける。高橋と、後藤ちゃんは、やったね、と言う。そこで今朝の出来事を思い出して、慌てて付け足した。

「あ！　そうだ！　今日はどうしても外せない別件が入ったから遅れて行くわ。先に始めてていいから」

夕方になると天気が変わり曇天となったが、夜の闇がすぐに空を上塗りしたので雨の気配に気づかなかった。品川駅で京浜東北線に乗り換えると車窓には、既に斜めに切りつけられたような雨跡が付いている。大森駅に着く頃には、傘なしでは歩けないほどになっていた。貝塚さんが、もってないのぉ～とモンベルの折りたたみ傘を開き出す。イラッとしたが、アーケードもある商店街なので、コンビニでビニール傘を買い求めるのもアホらしい。おじさん二人の相合い傘で目的地に向かう。

「人事部に大森に住んでる人がいてさー、ケララの風知ってる?って聞いたら、知ってるけど行ったことないって言うんだよ。もったいないよね。で、今晩も大森に行くんだって言ったら、地獄谷?って聞かれたの。なんだよ地獄谷って?って聞いたら大森の歴史を教えてくれてさ。それが面白かったんだよ」

貝塚さんが聞いてきたことを話してくれた。

大森は昔は海苔の養殖で有名だったそうだが、横浜と品川間の東海道線が通ると駅の東側に工場が増え、産業の変革に合わせて海苔の養殖は少しずつ消えていったらしい。ケララの風がある駅の西側は高低差が激しく、駅周辺は低地で、大井町方面に向かうと小さな店がひしめき合う飲み屋街が拡がっているそうだ。そのエリアは雨が降ると坂が滑って抜け出せないところだから「地獄谷」と呼ばれている。

一方で高地側は「山王」と呼ばれていて一体が崖のようになっているので水害の心配がない。だからそちら側には富裕層や、文豪達が昔は住んでいて、山王のお屋敷街と呼ばれていたそうだ。今ではお屋敷と呼ばれるような物件はだいぶ減ったが高級住宅地になっているらしい。もっと遡ると話は古代までいってしまう。これが面白くて、どうやら大森には縄文人が住んでいたらしい。貝塚遺跡があって庭園になっているそうだ。

コンテンツ盛りだくさん。すごい土地だ。同時にそれを語りだす貝塚さんが熱っぽくていい。歴史が好きなんだな。放っておいても博学になってしまう人種だ。最後は貝塚さんが、貝塚の話を熱弁するので笑ってしまった。

沼尻さんから言われた通り、カクヤスでビールとハイボールと食事会ということでシェアできるように3千円くらいの白ワインを買う。店に着くと、店先の看板やメニューは下げられていたが店内からは蛍光灯の明かりが溢れていた。時間には少し余裕があったがドアを開けると、沼尻夫妻の他に4人がテーブルを囲んでいる。男性が3人、女性が1人。

沼尻さんが迎え入れてくれる。

「やあ、よく来たね。この人達ね、2日続けてきてくれたのよ。あとで紹介しますね。荷物はカウンターの方に置いて、さあどうぞ」

一人は長髪の男性で髪を後ろに結っている。年齢は僕より少し下くらいじゃないだろうか。VANSのスニーカーにパーカーという出立ちで、かなりラフ。それと、へ？　スマホがすごく古い。iPhone 5じゃないだろうか。まだ使えるのだろうか。よく見ると、スマホをいじってる手の甲にはタトゥーも彫ってある。こういうところに来るのは少し意外な印象だ。

もうひとりの男性は50代だろう。赤縁の眼鏡でフェルト地のハットをかぶっている。うっすらとヒゲが生えていて、服装はギャルソンのシャツにジーンズ。デザイナーとか、ディレクターとか、広告業界の雰囲気がする。

「何を飲まれますか？　お茶もありますけど」

女性が気を遣って、グラスを取りながら聞いてくれる。30代前半くらいか。おしゃれな感じ、なのだが、明らかにおかしいのはノースリーブのワンピースに生足でパンプスを履いてるのだ。今、11月だぞ。

もう一人が典型的なスーツ姿のおじさんで年齢は40代だろう。電子認証キーを首からぶら下げ、マスクをしている。格子柄のシャツがゆるい腹回りを覆っていて、ひと刺しすればピューっと水が出てきそうだった。

「ありがとうございます。ビール持参したんで、じゃコップだけ。あとこれ皆さんと飲めればと思ってワインです。冷蔵庫にお願いできます？」

沼尻マダムが白ワインを受け取りキッチンの冷蔵庫に持っていった。続けて、沼尻さんが、そろいましたので、とキッチンに消える。こうなると自己紹介のターンだ。そもそも人見知りだが、営業という社会経験は長い。こういう時は自分から話してしまった方が楽だということを心得ている。

「はじめまして、僕、竹中と申します。こっちのおじさんは、同じ会社でカレー友達の貝塚です。二人とも南インド料理の初心者なんですが、今日は宜しくお願いします」

赤縁眼鏡のおじさんが返答の口火を切る。

「佐藤です。よろしく。僕はカレーマニアってわけじゃないんだけど、家がここの近くでね。何年も通っています」

気難しそうな雰囲気とは逆に声色には温厚さが感じ取れた。続けて女性が話しだす。

「私は吉田と申します。出版社で子供向けの書籍とか、料理本とかの編集をやっていまして、そういったご縁でインド料理にハマった口ですね。宜しくお願いします」

出版かと認識するやいなや、サラリーマンのおじさんが、ぶっきらぼうに声を上げた。

「自己紹介なんかしなくたって、これから嫌でもお互いのことを知ることになるからさ。あんた達はラッキーだよ。しかし、二人同時に呼ばれるのは珍しいね。よろしくね」

同じ趣味を持つもの同士っていうのは、そりゃ仲良くなるだろうが、自己紹介くらいはした方がいいんじゃないだろうか。いきなり上からだ。仕事ができないおっさんの臭いがする。印象は悪い。言い終わると、目をゴシゴシしながらティッシュを取り出して鼻をかんだ。

その後、一番年が近そうな長髪のロン毛くんは、よろしくおねがいします、と微かな笑みを浮かべて会釈するだけで名は名乗らなかった。コミュ障なのか。でも感じは悪くない。

そうこうしているうちに、おつまみどうぞと、沼尻さんが、ピーナッツのスパイス炒めと牛肉の炒めものを運んできた。って肉？　肉あるの⁇　しかも牛肉？　インドって牛を食べないんじゃなかったの？　僕が不思議がっているのを察知してから沼尻さんが説明してくれた。

「これはビーフペッパーフライ。ケララ州は、イスラム教、ヒンドゥー教に、キリスト教の信者も多くいるんですよ。キリスト教の人達は牛を食べますからね。インドでもビーフカレーあるんだ。ケララ州にはインドでは本当に珍しく牛の屠殺場があるからね。ベジの人も多いけど、お肉も食べる文化ですよ」

このビーフペッパーフライが酒に合う。ビールにはぴったり。びっくりした。強い塩味にスパイスが絡みつく。黒胡椒がバチッと際立つ。汁気のないカレーという位置付けになるらしいけど、極上の酒の肴だ。

ここで唐突に沼尻さんが話し始める。自然と法事で坊さんの説法を聞くように、みんなが沼尻さんに注目する。南インドのバナナについてだった。私達が普段食べているバナナ以外にも食用の品種が存在すること、インドでは様々なバナナの料理があること、私達が普段食べているバナナは、非常に伝染病に弱く、絶滅の危機が迫っている、そういう話だった。そして、クライマックス。一瞬の沈黙が作られる。絶妙な緊張感が漂い、沼尻さんは叫んだ。

「絶滅するなんて、そんなバナナ！」

壮大な前フリからのパンチライン。侮っていた。これが沼尻トークショー。恐るべし。僕と貝塚さん以外はこの話を何度も聞いているようで、最後のそんなバナナ！　のときに、オーディエンスからは、待ってました！　今日もキレてる！と歓喜の声があがった。あの満足げな顔。沼尻マダムは、皆様いつも飽きずにありがとうございますねぇと観客の方を労う。できた人だ。

全力を出し切った沼尻さんがフラフラになりながらミールスを用意するのにキッチンに戻ると、ご歓談タイムとなった。

「沼尻さんってダジャレ好きだけど、ものすごい博識なんですね。沼尻さんって『あやしいおぢさん』って呼ばれてますよね？　だからですか⁇」

そうだろうなーと思っていたことをあえて聞いてみた。暑がりの女性、吉田さんが答えてくれる。

「カレーリーフのこと聞きました？　沼尻さんが普及させてる話」

「え⁉　インドから持ってきたんですか？」

「どこから持ってきたかは知らないんだけど、沖縄の農家さんに送ったりして、日本で育てられないか研究したんですよ。いろんな人に株を分けたりしていたそうです。そのときに、あやしい植物を持っているおじさんだって言われたりして。その頃から当時は誰も知らなかった南インド料理の食事会を全国規模で出張してやってて『あやしいおぢさん』なんですって。ははは。笑っちゃいますよね。カレーリーフが今は日本でも比較的手に入りやすくなったのは、沼尻さんのおかげってことですね」

ねずみ講式に金もらって分けてたら今頃大金持ちだ！って今でも言ってるよ、と赤縁眼鏡の佐藤さんがワインを煽りながら笑う。貝塚さんがカレーリーフを検索しようとしたのだろう、iPhoneを手に取る。すると、名乗らなかった太っちょおじさんが話しかけてきた。

「ちょっとあんた、そのiPhone、いまいくつ？　もう12とかになってるの？　うわ、でかくなってるね」

「へ？　これはiPhone 11proです。12は来年だと思いますよ。」

「ほー、カメラ3つ付いてるすげーな。今、そっちは何年？」

貝塚さんも困惑した顔になる。何年？とは何を指しているのか？　長髪の若い男が加わる。

「ごめんなさい、今、２０００何年ですか？って意味です。令和になったのは沼尻さんから聞きました」

会話の要領を得ない。何か試されているのか？　鼓動が早くなる。確実な正解を自分で問いただすように貝塚さんは言葉を吐き出した。

「い……いや、今って、あの２０１９年ですよ、ね？」

今度は吉田さんが声を上げる。

「あー！　令和ってことは、もうすぐ東京オリンピックですか！　そうかー。いよいよなんですね」

会話が噛み合わないし、予想もできない。何を言っているんだ？　貝塚さんと顔を見合わせた。僕達だけが取り残されているのは明らかだ。とんちんかんが、恐怖に変わり始める。頭の中で警戒態勢の準備が始まった。何か話題を変えたほうがいいかと考えあぐねていると厨房から声がした。

「おまちどうさま！　できましたよー。さー、まわして」

貝塚さんと僕以外は、何事もなかったかのように笑顔で皿を回しだす。皿は朝と変わらず、バナナの葉を模した緑の大きな皿だ。

朝のメニューと、そんなに顔ぶれが変わらない。ココナッツチャトニー、サンバル、ラッサム、キャベツのトーレンと赤くて辛いインド漬物。ここまでは今朝食べた。それにどろっと野菜が溶けているようなカレーらしきものと、さらっとした感じの白い根菜カレー？ほかに食後のヨーグルトが付いている。

大きく違うのは中央には何かの豆の汁みたいなものがかかった米と、薄いせんべいがあること。

これがミールスか。朝食べたものが多いのに、またか、ってならないのが凄い。身体があの整っていく感じを求めている。こう全てが揃っている感じになると壮観だ。

「南インドではね。基本的にはわんこそば状態で、どれもおかわりできます。まあ、可能な限り出すからね。最初に一口ずつ召し上がっていただいて、それからはよく混ぜて食べて下さい。お腹いっぱいになったと思ってもね。その赤くて塩辛いのね。それはね、インドで一般的にはアチャールと呼ばれる漬物ですね。南インドだとウールガイとも言う。それと、そのヨーグルトね。南インドでの呼び方はカードですね。それを混ぜて食べると、いくらでも食べれますよ」

「え！　すみません、このヨーグルトってデザートじゃないんですか？」

僕は反射的に声を上げてしまった。今の説明だとヨーグルトとライスを混ぜて食べろって言っていることになる。

「そうそう。最初は意外な組み合わせって思うかもしれないが美味しいんだ。まずね、この豆せんべいをバリバリと砕いて米の上にかけます。半分くらい残して、あとで食べる派もいるね。このせんべいは、パパダムやパパドと言います。で、それからは基本的に自由なんだけど、一応、順番としては、このサンバルからそれぞれを一口ずつ味わって、そこからよく混ぜて食べてみて下さい」

言われた通り、せんべいを砕く。野菜カレーのサンバルから口をつける。朝も食べたがやっぱり美味い。豆が入ることによって生まれる朴訥した旨味と、タマリンドの酸味。この甘酸っぱさがタマリンドってやつか。そしてラッサム。こちらも酸味と辛味の両立スープだが、今朝食べたものより辛味が強く、派手だ。同じラッサムでもこうやって味を変えたりするのか。猛烈に美味い。キャベツのトーレンも言わずもがな。健康的でいくらでも食べられる。そして、この漬物。レモンの皮ごと使われている。さて、ここからは経験がない。煮込まれたカレーらしきものを手にとって眺めていると沼尻さんが説明をしてくれた。

「そのどろっとしたのがカブのクートゥ。簡単に言うとスパイスとココナッツミルクでカブを煮込んだもの。つぶつぶしているのはマスタードシードです。それとこのバナナを使ってるのは、カーラン。野菜をスパイスとヨーグルトで煮込む料理です」

クートゥの方が黄色味があってカレーに近い。まろやか。でも、辛くないスパイスが効いてるのがわかる。複雑な香りと包容力。そして、カーラン。この根菜みたいなのは、バナナだったんだ。おお……これ、シンプルだけどすげえ。ヨーグルトってこんな使い方できるの？　バナナが美味いし、面白い。食感としては思ったより固い。こんなの初めて食べた。いい。クリーミーさにフワッとスパイスのパンチが浮かんでくる。なんだこれは。

「さあ、一口ずつ味わったら混ぜて食べてみて」

米にはダル、つまり豆のカレーが既に少しかかっていた。このダルは違う店で食べたことがあるから予想はつくが、サンバルとラッサムは米と一緒には食べたことがない。その二種をかけて混ぜて食べる。うんまー。え？　こんなに合うの？　ラッサムのシャープな辛味とサンバルの野菜の旨味が米と一緒になるとえげつないぞ。米が日本米じゃないんだ。なんだこれ。汁気を吸ってどんどん美味くなる。

動物性の出汁はとっていなくとも、野菜だけで十分な旨味ができあがっている。ここにクートゥとカーランを投下すると柔らかさがさらに加わって何層にも美味しさと香りが深まっていく。トーレンも混ぜる。野菜としての具材が際立って、また違う顔になった。極めつけは赤い漬物、アチャール。塩辛く強いアクセントだ。もうごはんが止まらない。スーパーお米泥棒。あっという間に食べきってしまいそうだ。そういえば、このアチャールは朝のメニューにも説明書きになかった。アチャールという呼び名自体は知っている。カレー店に行くと、ちょくちょく出てくるからだ。インドの漬物という理解でいたが、これもアチャールと呼ぶとは思わなかった。総称だそうだから、やっぱり北と南では食文化も全然違うんだろう。しかし、結局、このアチャールは何を漬けたものなのか？　独特の硬さがある。

「すみません、このアチャールって何を漬けたものなんですか？」

「アチャールとは、インドのスパイス漬物の総称みたいなもんなんだけど、今食べてもらっているのはスパイスオイルで漬けたものだね。現地名でより正確に言うとウルガ。英語ではレモンピクルとかライムピクルと言われたりもします。レモンの皮だね。日本で皮は、あんまり食べないからちょっと不思議だと思うけど美味しいんですよ。さあ、お米を足しましょう。カードと一緒にアチャールを混ぜて食べてみて」

「レモンの皮なんだー！」

貝塚さんも同じことを思っていたらしく驚嘆していた。

わんこそば方式のようにお米が奥様から足される。最初にそんなバカな?と疑ったヨーグルトごはんを実食する。アチャールの赤とヨーグルトの白を混ぜながら皿の上で混ぜる。必然的にさっきのサンバルや、ラッサムが皿の上に少し残っているので、それも混ざる。色合いがくすんだピンクのようになった。

意を決して口に運ぶ。これが信じられない美味さだった。総じてここで食べる南インド料理の酸味と辛味の調整具合に感嘆していたわけだが、最後の最後にしてこれは凄まじい。唐辛子と油とレモンの刺激をヨーグルトが受け止め、最高の状態で舌感覚を満たす。ここまででミールスには野菜しか使われていないのだ。ヨーグルトは使っているにしても動物性の食材はそれだけ。

世界で一番、野菜を美味しく食べる場所。それは南インドじゃなかろうか。夢中になって食べる。混ぜる運動が止まらない。貝塚さんは、さらにお米をおかわりする。僕も、ですよねーって言いながら、さらにおかわり。最後に残っているものを全て混ぜて食べる。部活後の高校生みたいな食欲が甦った。お腹がパンパンだ。

貝塚さんが若返ったような顔でこっちを見る。やりきったな、俺たち、というように親指を上げてサムズアップのサインを送ってくる。これは笠井さんもやる。イキってこういうのぶん投げてくるおじさんに困惑するが、とにかく美味しかったから良しとしよう。

全員が食べ終わったところで長髪のiPhone 5が手を上げた。

「僕、実は今日であがろうと思うんです。」

え！　本当に！と、他のメンバー達が騒ぎ出す。さっきの噛み合わない会話を思い出して、少し気持ち悪くなる。忘れていた。ここは宗教的な何かかもしれないのだ。〝あがろうと思う〟が、さっきまでのわけのわからない会話と関係していることは間違いない。佐藤さんが、椅子の背にもたれながら、腕を組んで視線を遠くに置いて話し出す。

「そうかー、でも、まあそろそろだとは思ってたんだ。トオルくんは行きたいところには、全部行ったって言ってたもんね。僕は君の根が真面目なところが好きだったよ。戻っても元気でね」

はじめて長髪の男がトオルくんだとわかる。トオルくんを送り出す謎の言葉にポカンとしていると、今度は、許さんとばかりに吉田さんが噛み付くような声を上げる。

「うそでしょ⁉　もう⁇　だって、あなたまだ5、6年でしょ⁇　そりゃ、ここに来てるだけまともだとは思うけど、本当にそれでいいわけ？」

太っちょおじさんが、まあまあと制す。

「人それぞれですよ、人それぞれ」

理解しようとする思考は消えて、諦めが勝った。もうわからなくていい。完全に僕と貝塚さんは観客となっているし、この劇がいつ終わるのか、無事にこの店から出ることができるのかということに意識が集中する。それさえはっきりすれば後はどうでもいい。頭の中で僕たち用事があるので、と席を立つシュミレーションが浮かび上がる。実際に飲み会があるのだから嘘はついていない。なんとなく貝塚さんに目配せをする。会費は確か一人3千円と今朝聞いた。財布の中に1万円しかなかったら、美味しかったし二人分でお釣りいらないです！　急いでいるんで！　じゃ！と言って帰ろう。その時は貝塚さんと割り勘だ。

気づくと沼尻さんがひとつの器を持ってトオルくんの前に立っていた。

「トマトのカーランです。お元気で。まあ私には会いに来れるけどね。じゃ、お代の3千円をいただきます」

へ？　さっきのミールスにあったバナナのカーランのトマト版？　気づくとまたスパイスが入り混じった香りが部屋を満たしている。一刻も早くここを出たいのだが、トマトのカーラン欲求に抗えない。食べられるなら食べておきたい。

「あの、まだ、料理があったんですね。ぼくら実は次がありまして、そちらをいただいたら、今日はお先に失礼させていただこうかなと」

沼尻さんが、ゆっくりと向き直して僕たちを見る。まわりのメンバーも、マダムも少し遅れて同じ動きをする。注目が僕たち二人に向けられる。

「君たちは、まだトマトのカーランを食べることはできないんだ。食べるかどうかは、あとで君たち自身が決めることになる。急いでいるならお帰りいただいてもいいよ。お代は今じゃない」

穏やかな声だが異様なことを言っている。もう無理。対話不可能。完全にアウト。脱出ボタンを押す。

「いえいえ、お支払いだけはきちんと！　えと、1万円あります！　二人分ということで！　美味しかったですし、貴重な体験でした！　お釣りはいりませんので！　あ、もうこんな時間だ！　貝塚さん、遅刻しちゃう！　行きますよ！」

僕が1万円札をテーブルに置くと、貝塚さんは、ぎこちない作り笑いをしながら、ゴアテックスのコートとバッグを掴み取り、僕よりも先にそそくさと店を出る。僕も後を追うように店を出た。

何かに追われるように後ろを確認しながら二人で歩く。自然と小走りになった。

「なんだったんだ、あの連中は！　怖っ！　竹中くん、忘れ物とかしてないよね！　もう戻れないよ！　名刺交換とかしてないよね！」

「大丈夫です！　いやー、めちゃ美味かったけど！　めちゃ怖かったぁー!!　ドキドキしたぁ！　もう一周回って笑えるわ！　ははは！！」

生還した。妙な興奮があった。それから貝塚さんと、品川に移動してもう一度僕たちの情報をどの程度まであそこで公開したか確認する。名前と、どんな仕事をしているか程度で社名も名乗っていなかったことに安堵して、とりあえず大丈夫だろう、次はもっと普通の南インド料理屋に行こうと約束して解散した。

ここまでくれば安心だ。僕はなんなら良いネタになったと苦笑いしながら部の飲み会に合流する。22時。田山が結構できあがっていて呂律があやしい。対照的に後藤ちゃんは、しっかりしてた。酒が強いらしい。ミールスで腹がいっぱいだったので、一杯目からビールはやめてワインにした。今日あった出来事を話すと、なにそれ！　ヤバイ！　と盛大な笑いを誘う。後藤ちゃんが、ヤバイを使うと、いかにも現代的でかわいらしい。結局、終電まで飲んだ。盛り上がってしまってワインは3本空いた。僕は途中のコンビニでハイボールを1本買い足して、家に着いてスーツとシャツを椅子の背もたれにかけ、靴下を洗濯機にダンクシュートして、テレビをつけて、ハイボールを一口啜って、そのまま寝落ちした。

また早朝に身体が熱くて起きた。ミールスを食べると僕の身体は必ず活性化するみたいだ。空腹感もやっぱりすごい。2日連続の寝汗を含んだパジャマなので、流石に洗おうと洗濯機に入れた。そのままトイレにいく。またもや見事な快便。そして、さらに腹が減る。猛烈に腹が減る。ラッサムの香りがよぎるが、昨夜のことを思い出す。あそこには二度と足を踏み入れたくない。冷蔵庫に何かないか確認するがキムチしかない。台所の棚を探ると、インスタントの味噌汁と、サバ缶、レトルトカレーが出てきた。しかし、米がないのだ。昨日は帰りがけにハイボールしか買わなかったことを後悔する。おにぎりくらい買っておけばよかった。

とりあえず、テレビをつける。また政治家同士の不倫疑惑ニュースで特集されていた。ホテルで隣同士の部屋を借りていたと。本当にこういうネタは一週間くらい続く。もう少し有意義なニュースは無いものか。それにしても、腹が減る。ミールスの腸内改善は恐るべしだ。結局コンビニにおにぎりを買いにいくためにジーンズを履いた。

外は少し肌寒かったが、快晴で気持ちが良かった。帰ってきてインスタント味噌汁にお湯を注ぎ、鮭とツナのおにぎりセットを食べる。おしんこもついてる。昨日とはうって変わって実に日本の朝食らしいラインナップだ。かくあるべきですなー、と独り言が出る。

スマホでメールチェックすると、メールの読み込みができない。キャリアで障害でもおきたのか。ググってもそういうニュースはない。時間も無くなってきたのでシャワーを浴びようと浴室に向かう。昨日は寝落ちしたので、風呂に入ってないのだ。が、浴室の床が濡れていた。あれ？ 昨日ってシャワー浴びたっけ？ そう言えば昨日椅子にかけたスーツとシャツも無い。クローゼットを見ると、昨日着てたスーツとシャツが、きれいに整えて吊るされていた。昨日は酔っ払っていて記憶が朧気だが、そんなに僕はちゃんとしていたんだろうか。寝落ちするまで、どんな状態だったか記憶を呼び覚ますが鮮明さはゼロ。やっぱりちゃんとしていなかった気がするし、風呂に入ってなかったら気持ちが悪い。

結局、シャワーを浴びて、いつもより少し早く出社する。電車の中でFacebookが過去の投稿ばかりループしていて、誰からも今朝の投稿が無いことに気づく。前にもあったがアプリのバグっぽい。会社についたらインストールしなおそう。

恵比寿には中目黒から日比谷線で一駅で到着する。日比谷線の地下からエスカレーターで地上に上がって、ＪＲの乗り換えとなる西口を通って出社する、のだが、地上に出ると見覚えのある女の子が目の前を通り過ぎた。前髪パッツンのおしゃれな女の子。昨日、ヒールでちょっとゲロを踏んだ女の子。あの子が、スマホを見ながら左から右に僕の目の前を歩いていく。その進行方向を目で追う。ベンチの方向に向かって真っ直ぐに進んでいく。そして、その先には鳩が、ゲロに、群がっていた。女の子は鳩が羽ばたくと同時にキャと悲鳴をあげ、ヒールでゲロの端を少し踏んだ。

これはデジャブじゃない。

何が起きている！　スマホの日付を確認する。11月7日水曜日！　日付が変わっていない！　急いで会社に向かう。会社に着く。エレベーターの前に人が溜まっていた。あそこに混ざって平静を保っていられる自信がない。階段を駆け上る。廊下に田山がいた。

「あ、竹中さん、定例ミーティング始まる前にいいっすか？　今晩のお店なんですけど、後藤ちゃんが」

「もしかして、イタリアン！」

「あら？　もう後藤ちゃんに聞いたんすか？」

「おおおおおおー!!!」

田山が、スーパー怪訝な顔をしている。わかる。わかるが、その顔をしたいのはこっちの方だ！

どうなっているんだ！　どうしてこうなった！　昨日が続いている！　昨日から抜け出せないでいるぞ、僕は！　すると携帯が鳴った。貝塚さんからだ。

「竹中くん……すごい変なこと聞くよ。僕の頭がおかしくなったのかもしれないんだが……もしかして……」

「今日が昨日になってます？」

「そ、そうなんだ」

「わわわわー！」

パニックになる。なんでこんなことになってんだ。でも落ち着け。深呼吸をする。鼻から吸って口から吐く。5回くらいやって、ようやく息が整ってきた。まず現状を理解しよう。不幸中の幸いは貝塚さんも同じ状況にいるということだ。ここは異世界だが僕一人じゃない。そう考えるとすぐにこうなっている原因がどこにあるか検討がついた。

「貝塚さん、僕もです……めちゃくちゃ焦りましたがわかってきました、貝塚さんも同じだということは、もう原因はケララの風以外考えられない」

僕たちは11時に大森駅で待ち合わせることにした。信じられないが僕たちは、あのあやしいおぢさんに閉じ込められている。時空に幽閉されているのだ。間違いない。これから僕たちをどうするつもりなのか。おそらく抜け出すためには何か条件をつきつけられるだろう。場合によっては、戦うみたいなことになるのだろうか。勝てる気はしないが沼尻さんに会わなきゃいけないことだけは確かだ。念の為、家にあったスコップを持参していく。去年の大雪の時に、うちのマンションの玄関だけ雪かきがされていなくて、いたたまれなくなって買ったスコップ。そのスコップを持ったままだと、電車に乗れないかもしれないから、柄の方だけを出すような形でスポーツバッグにスコップを入れる。家を出て歩きながら知る限りでは一番的確なアドバイスをくれそうな人に電話をかける。もっと早くに電話をするべきだった。

「はい、銀座グリーンクリニックでございます」

「シナモンさんー！　すみません、至急、塚本先生をお願いします！　竹中だとお伝え下さい！　診察中でもお電話代わっていただきたいです！　えーと、僕の身がとても危険なんです！　死ぬかも知れませんー！」

「火急！　わかりましたー！」とシナモン中村が受話器の向こう側で叫ぶ。内線の間があって、すぐに困った声の男が電話にでた。

「いったい、どうしたんですか？　今、診察中なんですけど、何をそんなに焦っているんです？」

「急ぎです！　塚本先生、ケララの風の沼尻って人を知っていますか？　僕、今、変なことに巻き込まれてるんですよ！」

しばらく間があってから、溜息があった。

「ふー、沼尻さんですね。もう辿り着いたのか。やはりカレーに選ばれただけはありますね。選択は竹中さん次第です」

「やっぱり知ってるんですね！　それってどういうことですか⁉　今、僕、ずっと同じ一日をループしてるんですよ！」

「その様子だと、まだ今日の沼尻さんに会えていないですね？　とりあえず沼尻さんのところに行って下さい。何度も言うが、選択はあなた次第だ。あなたの場合は危険はない、かな？　じゃ」

いともあっさりと電話は切られた。危険はないだって？　選択って何の話だ。こんな切られ方したら、掛け直したところで今度は取り次いでもらえないだろう。なんだよー！

と叫びながら大森に急ぐ。

大森駅につくと、貝塚さんが待っていた。ひどく神妙な顔をしている。貝塚さんには、これまでにあったカレーに関わる奇妙な話を伝えた方がいい。池上通りを渡ったミスタードーナツに入って、僕がカレーに染まっている経緯から塚本先生に選択は君次第だと言われたことまで事細かく全て話した。ぬるくなったコーヒーを啜って、貝塚さんは頭を抱える。

「いやー、本当に理解が追いつかないんだけど……でも、本当なんだろうな。大掛かりなどっきりを仕掛けられているようにも思った。でも、どう考えても、そんな壮大な計画を俺にやる必要がないんだ」

「わかります。僕もどっきりだったらいいのにってiPhoneを何回も見てますが、やっぱり今日は昨日のようです。とりあえず、ケララの風に行きましょう。行かないと変えられない」

貝塚さんは頷くと、何も言わずトイレの方に行き用務室みたいなところから、柄の長いブラシを持ってきた。丸腰よりはましだ、と店から拝借するという。しょうがない。掃除ブラシと、スコップを持った僕らは商店街を足早に歩く。昨日と同じで天気がいい。そりゃ昨日だもんな、と思う。

ケララの風に到着する。時間は11時47分。ギリギリ営業時間内だ。スコップを握りしめる。貝塚さんもブラシをかまえる。意を決してドアを開けた。

店内は相変わらずカレーリーフの香りが漂っている。店内には昨日の出版社に勤める女性参加者の吉田さんがいた。仲間なのだろうか。利用されているのだろうか。七福神はまさに聖人のような笑顔で僕たちを迎えた。

「やあ、いらっしゃい。待ってたよ」

あまりの自然体に閉口してしまう。何か言わねばならない。しかし、思いつかない。異常過ぎて、どこから問いただすべきなのか適当な言葉が見つからないのだ。鼻息だけが荒々しく自分がここにいるのを確認させてくれる。貝塚さんの方が先に声を上げた。

「やい！　僕たちは、どうなってるんだ！」

やい、という言葉に、思わずびっくりしてしまう。たぶん、笑ってもいいようなフレーズなんだが、こっちも必死なので笑えない。続けて僕が喋る。

「塚本先生から、選択は君次第、とだけ聞きました。僕はあの人を知っています。和ッサムを飲んだ後に、カレーの奇妙な体験に巻き込まれるとは言われたけど、それが今ですか？　昨日に戻っている！　どうなっているんですか⁉」

後ろからビュッ！　と何かを吸い込むような音がして、勝手にドアが閉まった。沼尻さんは笑顔を崩さず、背を向けて厨房に歩きだす。こちらを見ないまま言った。

「チャイを持ってきます。座ってて」

身体が固まる。勝手にドアが閉まった。座るわけにもいかない。相手は時間だけでなく物理的にドアまで操った。今入ってきたこのドアが次開いたら、僕たちはどこかに飛ばされてしまうんじゃないだろうか。怖い。貝塚さんも同じだろう。微動だにしない。

「大丈夫ですよ。沼尻さんは取って食ったりしませんよ。えっと、竹中さんと、貝塚さんでしたっけ？　今、何月です？　さっき、ちょっとドアが開いて見えたけど、真冬ってわけでもなさそうね」

テーブルに肘を立てながら手を組み、吉田さんは笑っている。品のいい麦わら帽子に白いブラウス。生地の薄いワイドパンツのようなもの。全体的にパステル調のコーディネート。昨日も今日も、どうみても真夏の装いだ。

「11月ですよ！　吉田さんでしたよね、あなたも仲間なんでしょう。これはどういうことなんですか？」

「11月ですかぁ。でも、天気がいい日で良かったですね。私は8月のお盆前でむっちゃ暑い日なんですよ。まあ毎回ビールが美味しいからいいんですけどね」

「質問の答えになってない！」

貝塚さんが声を荒げた。こんなの初めて見た。ブラシを握ったまま怒りで震えている貝塚さんを見入ってしまう。目線を厨房の方に戻すと目の前にトレーをもった沼尻さんがいた。ずっとそこに立っていたかのように。気づかなかった。

「そんなもん振り回しても、何も変わりはしないよ。さあ座って」

チャイがテーブルに置かれる。シナモンの香りが立ち込める。でも油断してはならない。僕たちは、やはり動かない。正確に言うとビビって動けない、だが、それでもいい。闘う意思があるように振る舞わなくてはならないのだ。そのまま数秒が経った。

沼尻さんの髪がぞわわと動いた。

「聞こえんのか？」

ギョッとした。放たれた怒気で、さっきまでの温和な雰囲気が霧散する。まるで別人だ。いや見間違いじゃないだろうか。目をゴシゴシする。するとさっきまでの優しい調子に戻ったような沼尻さんが、ん？とこっちを向き直した。

「チャイでも飲みながら聞いて下さい。ホホホ。」

改めて今度は身振りだけでテーブル席の方に座るよう促される。僕たちは自然とチャイが置かれた席についた。

コホン、とひとつ軽やかな咳を立てて、話は始まった。

「私はね、商社で働いていてね。その昔、南インドに位置するケララ州に駐在していたことがあるんだ。ここまでは言ったね。当時のインドにはパソコンも無い時代だ。テレックスっていう機械でね。電報を送るんですよ。今でいうメールだね。道を牛が通るなんてのは当たり前だが、あの頃は普通に象が通っていたからね。家の裏に象がいるんだよ。いや愉快でした。

でね。向こうじゃ僕は高給取りで会食が続くんだけど、インドの高級レストランっていうのは、どこでもこってりした脂っぽい肉のカレー料理がメインになっているんだ。これを毎日食べるのが本当につらかった。でも向こうは、おもてなしのつもりだしね。悪く言えない。かと言って日本食屋なんてあるわけもない。だんだんと本当に身体の調子が悪くなってきちゃってね。これは長くいられないかもしれないって時に、ふとケララの普通の人達は何を食べてるんだろう?と気になった。それでフラっと町の食堂に入ってみたんですよ。薄いグリーンの外壁でHOTELって書いてある。インドはね、レストラン、食堂のことをHOTELって言うんです。そこで初めてミールスを食べた。

これがもう美味しくてねー。嬉しくてねー。野菜が中心だから内臓に負担かからないし、食べ放題だ。最初にサンバルとラッサムでごはんを食べて、おかわりして、今度はヨーグルトとレモンピックルをかけてね、いくらでも食べられる。それからその食堂に通うようになってね。そこで、師匠と出会ったんです」

「師匠？」と貝塚さんが、思ったことをそのまま口にするように聞いた。

「そうそう、師匠。でも、裸でターバン巻いて髭ボーボーの修行僧じゃないよ。テレビとかで見たことあるでしょ、そういう人達。本当に見た目は普通のおじさんでね。南インドでは、男がルンギってスカートみたいなのを履くんだけど、初めて会った時もルンギにちょっと小奇麗なシャツを着てた。ほんとに南インドのその辺にいるおじさん。その人がね、いきなり流暢な日本語で話しかけてきたんだ。びっくりした。ポルトガルやオランダ、イギリスの統治を受けてきた土地だから英語ならわかるけど、日本語だからね。なんで日本語がそんなに喋れるんだ？って聞いたら、20年くらい勉強したって言うんだよ。インド人だから何歳くらいかって日本人には判断しにくいんだけど、見た目はいっててもせいぜい40歳だ。10代の頃から日本語を勉強してるっていうのは、ちょっと考えづらい。当時はカースト制度が強かったから海外の言語を勉強できるような階層じゃないだろう、そう思った。

まー、ここまで聞けばわかると思うけど、その人は長いこと続く能力者の末裔だったの。ラージュさん。通称ラーさん。サイババ教えたのも、俺。って言ってたからね、ドヤ顔で。実年齢38歳だけど、時間を操れるので、たぶん300年くらいは生きてると。最初にその話を聞いた時は、ペテン師か狂人だと思いましたよ。でも、私ってワクワクが勝っちゃうんだよね。試しにラーさんに僕にも難しくない超能力教えてよって言ってみた。そうしたら、いいよ、なんて二つ返事なんですよ。で、私は筋が良かったんだねー。毎朝1時間くらいテキトーに修行してたら半年くらいで、ちょっとした条件つきだったら一日を何回も繰り返す奥義ができるようになったの。すごいでしょ。でもね。一日って微妙なのよ、一日だとけっこうキツいの。日本に帰ってみよう、なんてやっても到着は夜中になっちゃうとかさ。六本木で鮨食べて起きたらもうケララなわけですよ。そのうち修行も飽きちゃって。ラーさんからは、おまえは筋がいいから、もっと色々できるようになるぞ！って言われたけど、もういいかなーってなりましてね。ちょうど、会社からも異動で帰国してこいって命令が出た。だから、脱サラして、大好きになった南インドのレストランをやろうと思ったの。しばらくは、商社に務めてお金ためて、それで今ってわけです」

お、お、奥義の習得までが容易過ぎないか。が、そうなんだからしょうがない。それよりも本題に入らなくてはならない。

「経緯はわかりました。信じられないですけど、現にこうなっているのだから本当なんでしょう……あの、僕たちはどうしたら、解放してもらえるのでしょうか？」

「まあまあ、そう急がずとも。その前にもう少しだけ私の話をいいかな？　必要なことだよ」

後ろの吉田さんが屈託のない笑顔で両手の親指を上げてグッドポーズをとっている。無邪気すぎて恐ろしく感じる。

僕たちは、また黙り込む。呼吸すら沼尻さんの許可が必要な気がしてくる。

「僕は自分以外にも、僕が見極めた人に永久の一日をプレゼントすることができる。あなた達二人は2019年11月7日水曜日を繰り返します。僕がこの人はいいなって感じた人を食事会に誘うのだけど、その食事会に来た人がそこのドアを開けたら奥義が発動するんです。この前来てた人達も同じ。吉田さんは、2008年の8月4日金曜日を繰り返してる。この前いた佐藤さんは2010年5月13日木曜日、飛田さんは、あ、スーツ着てた太っちょのおじさんね、彼は2009年3月3日火曜日。あの人には悪いことしちゃってね。ひどい花粉症で困ってた日らしいんだ。僕の前では薬で抑えてたみたいで。知らなくてねぇ。さらにその日に限って帰りが大雨なの。一応、天気は事前に確認するんだけどね。花粉症に大雨でさんざんな日のリピートなってしまった。でも、雨で花粉が落ち着くからいいじゃないかってオチがもう定番の笑い話になっているんですよ。えっと話がそれた。えー、この前上がったトオルくんは、2013年の11月15日。ちょうど今日みたいな日だったねぇ。他にもあと23人います」

吉田さんが11月に夏服でいる謎が解けた。食事会で知り合った4人以外にも23人が、この魔法使いに囚われて、それぞれの一日を永久に過ごしている。しかし、同時におかしいと思った。一日を繰り返してしまう囚人達は、この店に集まるように命令を受けているようではないのだ。それに「この前上がったトオルくん」の〝上がる〟とは、どういうことか？

「ぼくらも……」の喋り出しから、少し間を空けて貝塚さんの声が雷鳴のように響く。

「おまえの奴隷になれというのか！　何をさせられるんだ！　何が条件だ！」

「違う。勘違いしている。最後まで聞きなさい、昨日、正確には今日だが、トマトのカーランがありましたよね。あれはこの永久に続く一日を終わらせることができる料理です。あれを食べると、明日を迎えることができます。トオルくんのことを上がったと表現したのはそういうことです。でもトマトのカーランを飲むことができるのは一回だけです」

「じゃあー、そのトマトカーランを持ってきてくれよ！　それ食ったら、ここから出られるんだろ！　この無限ループから抜け出せるんだろう！」

貝塚さんは叫んだ、反射的に。僕もそうしたかった。でも何かが引っかかって黙ってしまう。

そもそも僕たちが恐怖と感じているのはなんだろう？

テレビやマンガでみるタイムリープものは、今日に囚われること、今日から抜け出せないという恐怖がある。理不尽に一日が何度も繰り返されることに怯えるのだ。だが、よく考えてみると、この恐ろしさの根源、これは日常に帰る保証が、その一日に存在しないから怖いのだ。

今、僕たちには、帰ることができるトマトのカーランという保証が存在する、らしい。

これが嘘かもしれないが、この戻れる保証があるだけで、この一日の繰り返し、タイムリープというものはむしろ……

沼尻さんが顎に手を当て苦笑いしながら、こちらを見てる。何も喋らない。気づけと言っているようにさえ思えた。貝塚さんは放心していた。が、しばらくして、ようやく何かおかしいという気付きの影が表情に見え始める。

そして、沼尻さんはゆっくりと、はっきりと聞き取れる声で言った。

「いつでも戻れるが、何をしてもいい今日をそんなに簡単に手放すのかね？」

そう、そうなのだ。明日へ帰る保証があれば……さっきまで恐ろしくてしかたなかったのに、なのに、ここは……

吉田さんが目を見開いて、まくしたてるように喋る。口元だけが笑っている。

「ここは天国よ！　なにをしてもいいの！　どれだけ食べても太らないの！　いや、太れないのよ！

馬鹿みたいに朝からシャンパンを飲んでも次の日はチャラなの！　アル中にもならない！　それどころじゃない！　嫌な上司に面と向かって暴言を浴びせて、目の前のコーヒーをぶっかけても無かったことになるわ！　全部リセットされる！　その気になれば覚せい剤だろうが、殺人だろうが、なんでもありよ！　どう？　最高でしょ！　欲望のままに生きられる！　私はそうやって、ここで12年生きてるわ！　ずっっっっっっっっとマリーアントワネットでいられるの！」

吉田さんの顔が全く何歳かわからなくなった。少女のようにも見えるし、急に年老いたようにも見える。僕らに言祝いでるようにも見えるし、嘆きを分かち合いたいようにも見えた。欲望の全てを手中に収めた人間は、こういう顔をするのだろうか。

沼尻さんが吉田さんの方に向き直す。吉田さんの顔を見る、ぬぅうと。暗闇から顔を出すように、ぬぅうと首が伸びたんじゃないかと思うくらい吉田さんに顔を近づけて言った。

「少し、おだまりなさい。君も一線は越えていないでしょう」

一線を越える……その言葉は怖かったが、それよりも、ここからは表情が読めない沼尻さんの顔の方が恐ろしいことは容易に予想ができた。吉田さんの顔がみるみる青ざめていく。それから吉田さんは何も喋らなくなった。

沼尻さんは気を取り直したかのようにこちらを向いて、明るく話しかける。

「えーとね、ひとつだけルールを連絡しますね。それは、死ぬなってこと。死ぬとリセットできません。一線を越える人、つまり殺人や薬物をするようになっちゃった人はね、自分に負い目を感じるのか、どうでもよくなっちゃうのか、とにかく良くない死に方をする。一回、やると早いんだ。こういう空間では、よくわからなくなってきちゃうんだろうね」

僕たちは、もう聞くだけで精一杯になっている。そして、個々の選択を迫られるのが、すぐそこに来ているのもわかった。自分の返答の前に僕には聞いておきたいことがあった。

「沼尻さんは、なんでこんなことをしているんですか？」

思慮深い返答があると思った。長い沈黙の後良い質問だ、くらい言われると期待した。しかし、全く予想だにしない即答だった。

「僕はくだらないことが好きなんだ。食事会で披露するオチがある話を考えるのも好きだし、この前はおやぢギャグでかるたを作ったりもしたよ。それに僕は野草や花も好きだ。植物を知っていると、ただの散歩がとんでもなく充実したものになるよ。そういえばこの前、11月だというのにヤマボウシが咲いていたんだ。通常は5月あたりに咲くのに。気候変動がおきているんだね。野草はね、その辺に生えてるものでも食べられるものがあるんだ。天ぷらにして食べたりすると最高なんだよ。インドだと天ぷらのことをパコラって言うんだけどね。他にも競馬が好きだ。でも、こういう能力があるとバレると困るから、わざと外してるんだよ。ははは。いやー、全部当てられるんだけどね。本当は億万長者だよ。ははは」

返答としては筋が通っていない。が、これから起こる何かを予見しているような、そんな語り口にも聞こえた。今話された内容を反芻する。沼尻さんが話した内容は、好きなものの羅列だった。これが何を暗示しているのか。沼尻さんは実験室のビーカーを振るみたいに、チャイの入ったカップで空中に円を描いている。僕の思考が追いつかないまま沼尻さんは続けた。

「僕はね。好きなことをしているんだ。インドの文化が好きで、植物が好きで、競馬が好きだ。好きなことをしている。それだけだ。みんなそうすればいい。ところが、人は好きなことだけじゃ生きられないと言う。努力して苦難に打ち勝ってこそ良い人生が得られると言うんだ。そして、そのために善い習慣が必要だと教える。でも、本当にそうだろうか？おかしいと思うんだ。よくわからない不確定な未来のために、今を犠牲にする必要が本当にあるのだろうか？

だから、ここの真理を知りたいんだよ。未来のために何かをしてきた人間は、抜け出す自由のある〝永久の今日〟の中で、その善い習慣を継続するのだろうか？　何かを続け、さらなる修練を積むのだろうか？　何をしてもいいという究極の状態を前にして人間は本当に努力するという決断をするだろうか？

僕はね、思うんだ。もしかしたら、努力や習慣と呼んでいる殆どは依存なのかもしれない、そう思うんだよ。つまり未来に期待することだ。未来依存症とでも言うべきか。君たちも日常に戻れることが約束されているとしたら、今日が続くことを歓迎するんじゃないかな？　もっと言うとね、戻れなくても歓迎するかもしれないよ、この世界を。未来依存症から脱すればね」

昔、映画で見た刑務所の実験を思い出した。ドイツの大学で行われた心理実験を描いた映画だ。アルバイトで募集した一般人20名を囚人役と看守役に分け、疑似刑務所で2週間生活させるというストーリー。映画では実験のはずだったが看守役は自発的に正義の名の下に囚人役を虐げるようになり、暴力が横行し、非道は止まらず最終的には二人の死亡者を出すという内容だった。

この映画は脚色されているが実際にあったアメリカの実験を元にして作られている。人間が環境によって変わるのは容易だ。目の前の沼尻さんが、その映画に出てくる実験責任者の教授と重なって見えた。あどけない笑顔がある分、こちらの方が恐ろしい。

「さあ、どうする？　トマトのカーランを食べて日常に戻るか、そのドアを開けて終わらない日常を作るか。選んで下さい」

僕と貝塚さんは無秩序な世界に迷い込んだ。何をしても罪に問われない11月7日。僕達だけが何をしてもいい。つまり、僕達は11月7日という国の王なのだ。ルールは死なければ良いということだけ。

自分が興奮していることがわかった。今、ここに常識や正義は必要ない。何をしてもいいと言われたら、僕は何をするだろう？　当然、会社はさぼる。高額な当日搭乗券でもかまわないから海外に行こうか。遠くの海外は行けないがアジア圏なら行けるだろう。インドに行って本場のカレーを堪能するのもいいし、普段、ギャンブルなんてやらないけど、マカオに行って全財産を賭けてカジノで大勝負をするなんてこともできる。いや、何回もカジノに行くことができればルーレットの結果を覚えられるはずだ。結果がわかれば大金持ちになれる。そのまま高級ホテルのスウィートルームでアホみたいにシャンパンを開けて映画みたいなパーティーを開くのはどうだろう。一生に一度くらいはやってみたいじゃないか。カジノのまわりには世界各国のかわいこちゃんがウヨウヨいると聞いたことがある。僕はニヤニヤしてしまう。

黙っていた貝塚さんが動いた。

「今の時点で記憶が消えていないからそういうことだと思うのですが、念の為、確認です。記憶は消えないんですよね？　身体だけが変化しないということになるんですか？」

沼尻さんは称賛するかのように返答した。

「そう！　そのとおりだよ！　年はとらないし、身体の変化はない。髪の毛を丸坊主にしても起きたら元に戻ってるんだ。だが記憶は蓄積される。でも、ノートに書き残したり、ビデオを録って記録したりはできない。残そうと思ったものは一日の終わりとともに消えてなくなるんだ。あ、君たちは徹夜とかはできないからね。昨日もそうだったと思うけど気づくと寝てしまっている。そういう環境だから、みんな同じ日を何日過ごしているかわからなくなるよ。それを把握できているのは僕だけだ。ここに来れば教えてあげるようにはしているけどね」

さらっと言われたが、〝何日過ごしているかわからなくなる〟という言葉を僕は聞き逃さなかった。定期的に沼尻さんに会いに来る以外、何日間この世界に留まっているのか確認する術がなくなるという。たしかにそうなるだろう。記憶だけで何日続いているかを把握するのは限界がある。これはもしかすると選出した人間を戦略的に管理するために沼尻さんがわざとやっているのかもしれない。だが、そんなことよりも、もっと前のところで気持ち悪さを感じた。とても根源的な触ってはいけないものを見つけてしまった感覚。でも、それが何かをうまく言葉にできない。

ここで急に、あまりにも唐突に、誰かが僕の肩を二回叩いた。

驚いて振り返ると、さっきまでなかった異様な物体が入り口のドアの前に置かれている。巨大な椅子。たぶん、玉座だ。美しい花や果実、鳥の彫刻が施された厚い板が側面にあり、背面は側面よりも高さがあり中央に星のような紋様があつらえてある。座部は妙に横に長く、赤色の薄い綿ふとんが敷かれ、円柱型のクッションが両脇にあった。当たり前だが、入り口を塞ぐほどの大きさで突如として出現したのは言うまでもない。唖然としてしまうが、よく見るとその薄いふとんに凹みがあり、その凹みが微妙に動いているのに気づく。

最初、ふとんの中に虫でもいるのかと思ったが違う。体重が載っているのだ。透明な何かが座っている。その体重移動が微かな凹みの動きを作っている。

「今日はケララの玉座から。私は、あなたを選んだ者の一部です」

透明人間が喋った。僕を選んだと言っている。ということは－

「あなた……カレーですか？」

「人間達はそう言いますね」

そうですか、と小声で返したものの、それ以上の返事が出てこない。貝塚さんや、沼尻さんの方を振り向く。二人ともピクリとも動かない。時が止まっているようだった。

「今は、あなたと私だけです」

玉座の円柱のクッションが歪んだ。右肘に体重をかけて座り直したようだった。

「あなたは、今、何かに気づいて、思いとどまっている。とてもいい変化。ちょっと前のあなたなら、打算的な考えに基づいて、まず三日くらいはいいだろうと考える。そして、あまりの全能感に、もう1週間、もう1月、もう1年と結局はこの永い一日に飲み込まれていた。人間の一個体としては別に自然ではあるが」

ゾッとしたが、すごく的を得ているような気がした。

「さっき、一線を越える、という話が出た。この永い一日での命を落とし方は大概が凶行の末の自死みたいなもの。酒、薬物、殺人、強姦などに過剰に興奮して人格が変わり、最後はビルから飛び降りたり、わざと返り討ちにあったりした。人間は刺激に弱い。刺激に取り込まれる。依存の正体は刺激を強く欲すること。そして、多くの人間達が勘違いしているが『依存』は『習慣』とも言える。人間の観念では大概の習慣というものを善いものとしているが、そんなことはない。習慣に善悪などないのだ。その勘違いは、習慣の対象に何かを期待してるから生まれる。信じているのだ。しかし、何かを信じている時点で弱い。大切なことは、刺激とは適度に距離を置くこと。そうすることで長く生きられる。私達はここから出る人間にそういう理解を植え付け、伝播させるためにこの空間を作った」

円柱のクッションの歪みが消えると、タッと音がして、一瞬で僕の真正面に移動したのがわかった。圧を感じる。大きい。僕を見下ろしている気がする。

「あなたは、永い一日の危うさを感知した。言葉にできなくてもいい。無意識であっても刺激との距離の適度さを意識したのだ。それは全力で信じるもの、許容するものを作らないということ。間違っていない。期待している。後ろを向いて」

その言葉は頭に吸い込まれるように入ってきた。内容を理解するという感覚ではなく、初めて聞いた名曲が心の底に刺さるように入ってくる。すごく気持ちがいい。ただ、僕は何を期待されているのだろう？　それだけがわからなかった。

後ろを向くとさっきのやりとりの途中に戻っていた。貝塚さんが何かを考えていて、それを沼尻さんが見つめている。急いで視線を入り口に戻すと玉座は消えていた。

「どうしましたか?」

沼尻さんに声を掛けられた。いえ、何も。そう言ってから、僕はすぐに断った。

「僕はトマトのカーランを食べたいと思います。何をしてもいい自分を受け入れられません」

未来にも、何をしても捕まらない今日にも依存はしたくない。

吉田さんが奥で顔を歪めた。沼尻さんは少し残念そうな顔をしながら返答する。

「そうか。手放す自由。それもある。いいでしょう。貝塚さん、あなたどうする?」

貝塚さんが僕に爽やかな笑顔を向ける。そのまま、話し出す。

「沼尻さん、僕は残りますよ。宜しくお願いします」

一緒だ、と言うと思った。けど、そうじゃなかった。

「グッド。いいでしょう。竹中さんは、ちょっとお待ち下さいね」

沼尻さんがキッチンに消えた。

「貝塚さん、本当に残るんですか? 冷静に考えて下さい。たしかにいつでも帰ることができるかもしれないけど、何をしてもいいなんて異常ですよ。正常な精神を保てるわけがない」

「僕達は選ばれたんだよ。僕は君が帰ることのほうが信じられない。こんな機会はない。きっと宝くじ以上だ。でも僕も強制するようなことじゃないと思う。ここはお互いの考え方を尊重しようよ。たぶん、今は君と僕とで考え方が相容れないよ」

僕は口ごもってしまった。貝塚さんなら同じ判断をするだろうと思っていた。でも、こんなものかもしれない。少し悲しいけれど考え方が一緒だと思うほうがおこがましいんだ。正しいか、正しくないかの判断はその人の主観だ。

それに、昨日のトオルくんはトマトのカーランを食べて日常に戻った。トオルくんがどういう人か知らないけど、ちゃんと帰る人もいる。

「そうですか……わかりました。無茶はよしてくださいね。どうぞご無事で。で、あってるのかな？　とにかく未来で待ってますよ」

「やりたいことがたくさん思い浮かんだんだ。とても人には言えないけどな」

「えっ……」

貝塚さんは、もうこちらを見なかった。一瞬にして遠いところに行ったのがわかった。呆然と立ち尽くしていると、後ろからココナッツの香りがした。

「おまたせしました。さあ、どうぞ」

トマトのカーランがテーブルに置かれる。湯気が立っていて、台湾の粥のようにも見えた。これを食べれば、僕は日常に戻る。自分の判断が間違っていないかもう一度考えるが、答えは一緒だ。

「あの、時空を超える機会は失ったとしても、またお店に来てもいいんでしょうか？」

「もちろんだよ。運命に逆らわず、流れのままにね。塚本くんが言ってた『選択はあなた次第』って言うのはそこまで含まれる。それに君は、どうやらカレーに選ばれているようだしね」

「どうして分かるんですか？　それに塚本さんをご存知なんですね？　塚本さんも、あなたのことを知っていました。どういう関係なんですか？」

「君と一緒だよ。私が招いてここに来たんだ。彼は20年くらいいたかな。彼は私と同じようにセンスが良かった。ちょっとだけなら過去に行き来できる奥義も習得したしね。たいしたもんだったよ。そういった経験が和ッサムの着想につながっているんだ」

点と点が結ばれて線になった。ここに塚本さんもいたんだ。

「さあ、では。またあなたの明日以降にお会いしましょう。さようなら。あ、お代の3千円いただきますね」

昨日、正しくは今夜、ミールスの会で逃げるように払った1万円札が財布に入っていた。それで会計を済ます。僕はまわりを見渡した。貝塚さんには別れるように、お元気で、と伝える。吉田さんには軽く会釈をした。

トマトのカーランを食べる。トマトの酸味とヨーグルトの酸味が相成って凄まじい爽やかさが口腔を駆け抜ける。淡泊なのに後を引く。僕は南インドのこの種の美味さを覚えてしまったのだ。あー、本当に美味い。この味の組み合わせ、変化の付け方は日本にはない。最初のミールスからずっと信じられないがヨーグルトと米は合うのだ。本当にずっと食べていられる。美味い。ここにレモンのアチャールを入れたい。混ぜ合わせたいという衝動が異常に増幅していく。混ぜて混ぜて、こねくり回してそれを口に入れて腹を満腹にしたい。ココナッツと野菜の関係を確かめたい。するとなんだかおかしい？　食べているのに腹が減り続けるようだ。なんだこれはー！　ドキドキする。すると急に目が熱くなった。目を開けていられない。ギュッと目を瞑る。

するとと川の水流のような、せせらぎのような音がした。もう目は熱くない。目を開けると陽光が顔にあたっている。僕は先端が反り返った不思議な形の船に乗っていた。屋形船みたいな大きさだ。船頭もいて、南国の河を流れに合わせて進んでいるようだった。

ゆったりとした時間が流れている。ここはどこだろう？　夢かもしれないが、もう何が起きてもおかしくないと思った。

「ここはケララ州アレッピーのバックウォーターというところだよ。水郷地帯なんだ、ここは」

気づくと沼尻さんの声がした。しかし、その姿はない。非常にゆっくりと船は進んでいく。どんぶらこ、どんぶらこと進んでいく。

「さあ、ここでもう一眠りするといい。起きたら明日になっているよ」

目を開けていられなかった。まぶたが心地よく重い。意識が逃げていく。

空腹で目が覚めた。とてつもなく腹が減っている。この空腹には覚えがあった。まさか！と跳ねるように起きてテレビをつける。中国観光客の一行が銀座で買い物している映像が流れた。爆買いなんて現象は無くなったけど、インバウンド需要は非常に高いという話だった。政治家の不倫スキャンダルが流れていないことを確認して、僕は安堵のため息を吐く。少し冷静になって、スマホで日付が更新されていることを確認した。

いつもより少しだけ早く会社に向かう。ゲロをついばむ鳩もいなかった。なんとなく、こっちの世界に戻って来られるのなら会社に現れる気がした。緊張しつつ自分のデスクに向かう前に人事部のシマによる。しかし、そこには期待している姿は無かった。鼓動が早くなる。まだ出社時間ではないが、まさか。いや、そもそも生き残っていたとしても出社はしないかも。いろんなパターンが頭をよぎる。不安になる。考えながら廊下に出ると僕は笑った。眼の前に昨日と殆ど変わらないその姿と鉢合わせになったから。

「良かった……良かった！　僕、マジで心配してたんですよ！　貝塚さん、戻ってこれたんですね！」

「あ……えと、君の名前、なんだっけ？」

「えっ？」

会話してわかった。容姿は一緒でも、その表情や雰囲気はまるで別人だ。声は変わらないから余計に畏怖を感じる。

「すまないね。沼尻さん以外で記憶に残っている人間と喋るのが、とても久しぶりなんだ」

「どれくらい……いたんですか？」

「70年くらいまでは数えていたけど、まあそれくらいだよ。最長記録だそうだ」

言葉が出なかった。こっちの世界だったら何歳になっているんだろう。貝塚さんは話を続ける。

「会社に来たのは退職届を出すためだ。僕は独立するんでね。もう金は稼げるんだ。ただ、会社を作るには去り際をきれいにしないと金は借りられないから。これから衝撃的なことが起きるらしいんだよ。世界が一変する。沼尻さんの師匠のラーさんが急に現れて教えてくれたんだ。その話を聞いてから気になってね。それを体感してから死のうと思って戻ってきたんだ」

衝撃的とはなんのことだろう？　それに話の内容はもちろんだが、貝塚さんは喋っている間も表情というものが殆ど無かった。感情が見えない。70年の長い一日は貝塚さんの何を変えてしまったのか。

「その衝撃的な話ってなんですか？　危険なんですか？」

「ええとね、衝撃的な話ってのはね。危険だよ。信じられないかもしれないが、まずオリンピックが延期になるんだって。世界中でウイルスが蔓延してすごい死者数を出す。中国から始まって、世界中に広がるらしいんだ。経済も混乱する。それでオリンピックが延期になるんだって。でもここがポイントで、中止じゃなくて、延期なんだ。よせばいいのに1年延期で開催するらしい。いろんな都合でオリンピックは開催されるんだ。ラーさんが教えてくれたのはここまでだけど、それが本当ならもう絶対見たいし、体感したいよ。復興の意味、ヴィジョンがどうなっちまうのか。間違いなく前代未聞だぜ。最高のオリンピックだろ。その後も知りたい。だから帰ってきたんだ」

「そんな……」

そのときだった。僕と貝塚さんの携帯が同時に鳴った。差し出し人がケララの風沼尻になっている。電話番号を登録したことはないはずなのになぜ？　貝塚さんも同じ状態のようで、あれ、沼尻さん？と首をかしげている。電話に出ようとしたら切れてしまった。そして、沼尻さんから未読のショートメッセージが入っていることに気づく。

メッセージを開くと沼尻さんの格言みたいな文章が書かれていた。

『今まさに嫌な出来事、来るコロナう』

来る、コロナう？ってどういう意味だ、と思わず声に出すと、貝塚さんは、隣でハッと笑った。ようやく感情を見た。そして「これだよ、これ」と言い残して背中を見せた。

【ケララの風モーニング 店舗情報】

住　　所　東京都大田区山王3-1-10
最 寄 駅　JR「大森駅」中央口より徒歩7分
T　E　L　03-3771-1600
営業時間　［金〜月］10:00〜14:00ラストオーダー
　　　　　日曜営業
定 休 日　火曜日、水曜日、木曜日

※ミールス会・その他食事会は沼尻シェフの知人・友人限定又はSNSにて不定期募集。
※YOYOKAファンミーティング不定期開催。
※時空を超える場合は自己責任にてお願い致します。
※沼尻シェフが監修した『作ろう！南インドの定食ミールス』（趣味の製麺BOOKS）絶賛発売中
※数に限りがあるが伝説となった『おやぢギャグかるた』画・武田尋善（マサラワーラー）、文・沼尻匡彦（絶版）も店内で販売中。

EPISODE 3

新宿ミッドタウンのカシミール

【声】

前提として、私達は人間を退屈にさせてはいけない。

これは私達が繁殖する上で非常に重要なことだ。私達は「習慣＝依存」となるような強い刺激とは適正な距離を保てという教えを「永久の一日」から伝播させている。しかし、これだけでは不十分なのだ。過度な刺激は問題だが、刺激が無さすぎるのも同じくらい問題であり、ここにも改善の必要がある。人間は移動して活動の領域を広げていく。開拓や、交易ということになるが、つまり、その原動力は刺激を誘引する何かであり、刺激が少ないということは人間の移動範囲も狭めることにつながってしまう。私達はそれを歓迎しない。そうなると私達の繁殖も一緒に鈍化するからだ。

刺激の権化のようなお前達が何を言う、と笑われそうだから先に断っておく。それは誤解だ。例外はあれど、私達を構成するスパイスは、辛い種類なんてせいぜい4～5種くらいなものだし麻薬のような成分はない。私達は人間達が適度でゆるやかな刺激を求めて活動する世界を望む。必要なのは共生だ。そのために、刺激が強すぎてもいけない、退屈を感じるほど弱くてもいけない。

だから私達は〝バランス〟を試みようと思う。それは衝突の構造をつくることだ。人間達はよく誤解するが、平和とは争いが無いことを指すのではない。いがみ合って動けなくなる状態を指すのだ。私達は、刺激に依存している者と、刺激と共存する者とを衝突させ、世界の均衡を図る。

この競争により、私達を運び、伝え、作る人間は増えるはずだ。結果的に多くの人間が私達の繁殖に向けて動員されることになるだろう。

生のトマトよりも、トマト缶やトマトピューレを使った方がいい。日本のトマトは水分が多すぎるのでカレーに不向きなのだ。少し凝ったカレーのレシピには、このトマト論考が書いてあって実際に使い分けて比較するとトマトピューレで作ったカレーの方が味を濃く感じた。ただ、南インドで多く見られる手法らしいが、トマトを後に入れて具材としてのフレッシュさを楽しむという方法もある。

トマトを後入れしたカレーの爽快さは初夏に入る今時分にはぴったりだ。ナスも旬でとても合う。チリペッパーや胡椒などの辛味のスパイスを多めに入れると、さらに夏らしく盛り上がる。

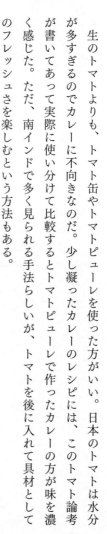

緊急事態宣言はカレー屋の食べ歩きという自由を奪った。苛立たしいが仕方ない。最初はテイクアウトで食べていたが、やっぱり限界がある。僕はとうとうカレーを作ることにした。自分でも驚いている。味よりも効率の良い食事の摂取しか考えてこなかった僕が、まさか自分で作ることになるとは。

最初にAmazonでカレー作りの本を買った。水野仁輔というカレー研究家の本だ。著書量が圧倒的に多く、スパイスカレーの専門書を何冊も書いている。そこから一番キャッチーなタイトルの「カレーの教科書」という本を選んだ。香りの付け方を軸にカレーのゴールデンルールというものが解説されている。実際に作ってみてわかったがスパイスは辛さじゃなくて、香りだ。この腹落ちは凄まじかった。

スパイスはまず粉状のパウダースパイスから揃えた。コリアンダー、ターメリック、チリペッパー、クミンの4種があれば、基本のカレーはできるらしい。どれもスーパーに売っていて比較的購入しやすい。パウダーになる前の粒のままのスパイスをホールスパイスという。ホールスパイスはクミン、クローブ、カルダモンをAmazonで買った。

スパイス達を無印良品で買ってきたガラス瓶に分けて入れる作業がとても楽しかった。一気に部屋がスパイスの香りに染まる。ただスパイスを分けて入れているだけなのだが、スパイスを愛している者として、とても崇高な行為をしているように感じた。

今日は、近くのカルディで粗挽きの胡椒を買ってきて、胡椒で辛さを引き出すチキンカレーを作った。焦がしたゴーヤも入れたのでビターさもある。大人向けの夏カレーだ。煮込みは浅くていい。あと10分程度か。

武漢でコロナウイルスが発生というニュースを聞いて、沼尻さんのダジャレの意味がわかったときは愕然とした。人には言ってないが、これからもっと日本が酷くなるのを僕は知っている。オリンピックが延期することも。あれ以来、貝塚さんとは会っていない。

テレビをつける。相変わらずコロナ関連の報道ばかりだ。経済ではアパレル業界が不振だが、インテリア業界は売上を微増させているという。そうか、家にいれば住環境にお金を使うのが必然か。他にはどんな業種が打撃を食らっているか、という話題になり、エンタメ業界が上がる。フェスやコンサートを主軸としたイベント業界が軒並み売上を下げていた。特に深刻なのはライブハウスやクラブで、閉店が相次いでいるという。アーティストと違って、客が来なければマネタイズができない業界だ。配信の場所貸しをすると言っても限界があるだろう。しばらくして、その他にも、という導入から今度はゲームセンター業界が紹介される。

UFOキャッチャーのボタンを念入りに除菌するスタッフが映った。中野ブロードウェイ1階のゲームセンターだそうで、近年では高齢者の顧客が多かったというテロップが流れる。コロナ後に変化は？というレポーターの質問に、さっきのスタッフが高齢者のお客様が激減していると窮状を伝えた。

次に客側のインタビューに切り替わったのだが、そのインタビューに答える客の容姿に僕の目は釘付けになった。

見事な猫背で、ボソボソと話す男性。50歳くらいか。メダル落としゲームが好きで殆ど毎日通っているという。コロナ禍に通っているという配慮からか顔にはモザイクがかかる。白髪が混ざり始めた髪には潤いとは別の油脂のような鈍い輝きを宿していた。しかし、この辺は少し不潔に感じるおじさんの容姿であって驚くようなことではない。その異様さを特記すべきは彼の手を覆う銀色の手袋だった。角度によっては美しいラメが入っているようにも見えて、マイケル・ジャクソンのグローブを思い起こさせる。が、人差し指の部分は、剥げて肌色が透けているのだ。

ゆっくりと動かすから余計に最初はわからなかったが、手袋の縁にある黄色の線でそれが元は軍手であったことに気づく。メダルの鉄分が付着してこうなっていたのだった。加工された特殊な手袋のように見える。

服装もあやしかった。明らかに変色したスラックスで、どう考えてもウエストサイズが、痩せ細った胴回りに合っていない。昔は適度なサイズだったのかもしれないが、今はずり落ちてしまわないように布ベルトできつく締めあげられている。そのせいでベルトループの間隔が狭くなり何本もの不格好なしわが走っていた。顔を映せない代わりに、その手元とスラックスのしわがテレビで何度も映し出される。その姿がかえって熟練の板金工みたいな姿を連想させるようにも見えた。

最後、画面は彼がメダルゲームをしている様子に切り変わる。彼は時おりペットボトルのお茶を飲むだけで、あとはずっとスライドするメダルを眺め続けていた。これを毎日やっているのか。重い。ここでニュースが終わる。この番組構成はわざとコロナに乗じて別の社会課題を突き出しているのだろうか？　気が滅入っていると、キッチンからピピピっと僕に知らせるアラートが鳴る。煮込みが完了した。

できたカレーを食べながら今日はZoom飲みの予定だ。スタートまであと15分。冷凍庫に入れてあるウイスキーの角と、カチンカチンに冷えて曇るグラスを取り出す。とろっとろの状態のウイスキーにソーダを入れて、レモンを絞り、一口を深めに煽る。最高のハイボールだ。さっきまでの暗澹たる気持ちが炭酸と一緒に弾け飛んでいく。今日は飲みながらカレーを作っていなかったので、ビールの余韻が喉にない。甘さのないフレッシュさが、食道を滑空して落ちていく。誰も見ていないのにわざとグビグビっと音を立てる。ウッハーと声を上げてしまう。

1人で爽やかな美酒の余韻に浸っていると、PCの上ではZoomのアプリが開いていて、二人がお待ちかね状態だった。慌てて参加する。

「遅いよー！　竹中！　何してたの？」

「まだ、時間じゃないだろ。カレー作ってたんだよ」

「え？　おまえが料理してんの？　うそでしょ？」

「竹中くん、どうしちゃったの？」

「うるせえな、最近、ハマってるんだよ」

二人は同期入社だったが転職した佐々木裕太と、安田智子。佐々木はベンチャーのクラウド労務管理システムの会社で人事の仕事をしている。安田は出版社のデジタルコンテンツ部門に転職したが結婚して現在は一児の母で育児休暇を終えたばかりだ。

「おじさんになると料理に目覚めるって聞くけど、まさかよりによって一番コンビニ弁当だけで生きてそうなやつがハマるとはね。しかし、俺もそっちに勤めてた時は、恵比寿界隈のカレー屋によく行ったなぁ。おまえが作ったカレーって気になるよ。おそるおそる食べてみたい」

「わたしはいいや、竹中くんが作るのとかって、めっちゃ辛そう。すごく極端なことになってそう」

ここに遅れておじさんが一人入ってくる。

「よー！　ひさしぶり、みんな元気か？」

「あ、笠井さん、おひさしぶりです。変わってないですねー」

笠井さんは、僕とこの元同僚二人の直属の上司だった。この面子が揃うのは何年ぶりだろう？　安田はSNSを活発に使うほうなので、そこまで久しぶり感がないのだが、佐々木は基本的に見る専門だ。昔よりもシュッとしている。痩せた。なんだか充実してそう。今日のZoom飲み会は珍しく佐々木から誘ってきたのだが婚約報告でもあるのだろうか。狂ったように合コンしていた頃が懐かしい。

笠井さんが薄く口の広い洒落たグラスに日本酒を注ぎながら話しだした。もう日本酒を飲んでいるということはフライングしてビールを飲んでいたに違いない。

「笠井さん、竹中くんって会社でなんかあったんですか？　この人、カレー作ってるんですよ、今日。私達と働いてた時って絶対そんなことしなかったでしょ」

「安田、今の住所教えて。俺のカレー送るよ。子育てでメシの用意とか大変だろうから。死ぬほど辛いやつ送るわ」

安田がニタニタしながらモニター越しに両手でバツを作って、着払いで返す、と言った。笠井さんが間に入る。

「竹中も、とうとう作るようになったんだもんな。いや、最近、俺がカレーにハマってて、付き合わせてたら、竹中もハマっちゃったんだよ」

間違ってはいないと思った。もっと怪奇事件みたいな要素が多分に含まれるが。

「へー、笠井さんからなんだ。僕が働いてた時は、あの五差路のビルにあるＢａｒみたいなところ、えーと、ソルティーモードだ。あそこよく行ってたな」

得意そうに笠井さんが返す。

「あれはな、佐々木、ネパールのカレーでダルバートって様式なんだぞ。ダルって豆のスープが付いてたろ」

「おわー、いや、付いてたと思うけど、もうその単語の意味わかんないっすよ。完璧にマニアじゃん。ははは。うける。でも、今って恵比寿とかオフィス街のカレー屋ってやってるんですか？」

「おれは人事に移ったから役員と会う用事がちょこちょこあるんでね。週一くらいは出社してるんだ。やっぱり閑散としてるよな。会社方針で、できるだけ電車乗るなって言われてるから、その出社以外にカレー屋に行くチャンスないんだけど、その時も気を遣ってテイクアウトにしてる。あとはレトルトばっかり食ってるよ。でも今のレトルトはすごいぞ。36チャンバーズっていう会社があるんだけど、そこの商品は全くレトルトに感じないんだ。カレーも名店シリーズから、すごくマニアックなものまで揃ってて、もうめちゃくちゃうまい。成城石井に売ってるぞ」

このあと、笠井さんはさらに自分で作ったカレーの話を続けたが、明らかに僕以外の二人にはもう刺さっていない。サッと佐々木が話題を変える。上手。もっと話したそうな笠井さんを尻目に、お互いの近況報告になった。安田は父親となった夫が子育てのパートナーに絶望的に向いていないこと、佐々木は彼女と別れたばっかりだということ、でも、そんなに落ち込んでなくて、真摯に合コンと向き合える喜びで胸がいっぱいだということ、そんな話を聞く。佐々木は予想の逆だった。その後に、話題の矛先が僕に向いた。

「で、竹中くんはどうなの？　転職とか、彼女とか」

実は転職活動に行き詰まっていた。というよりは、コロナ禍になって市場の採用活動が鈍化していたといった方が正しい。エンジニアやデザイナーの転職活動は活発そうだったが、企画営業は散々だった。そういった愚痴をちょっと吐こうかとも思ったが、流石に部署は違えど同じ会社で上司にあたる笠井さんにこれを聞かれるのは気が引けるし、そもそも西田とのことがある。転職した佐々木も、安田も、西田とは1年くらいは被ってるから、たぶん覚えている。ここは無難に返す。

「うんー、あんまり不満もないし、結果も残せてるし。転職は考えてないかな。会社にかわいい子もいるけど、コロナもあるしね。しばらくはカレーが恋人でいいかなって感じ」

「竹中ー！　だれー！　そのうちの会社でかわいいと思ってる子ってだれー!?　気になるんですけどー！　実は俺も最近、この子かわいいなって思う子がいてさ、いっせーので言い合いっこしようぜ！」

急におじさんがはしゃぎだした。つらい。笠井さんって、こんなにアホだっけ？と思えることが最近増えた。営業の数字を追っていた頃とは違う。人事部に移って若い連中と接する機会が増えたからだろうか。笠井さんと目が合わないように無言で流すと、佐々木が入ってくる。

「竹やん、カレーが恋人はまずくない？　さすがに相手は人間にした方がいいよ。君に必要なのは、合コンだよ。そういう話がしたかったんだ俺は。そうだ！　カレー屋で合コンしよう！　飲めるカレー屋とかってあるの？　ちょっといいレストラン的なところ。もうすぐ緊急事態宣言明けるしさ」

カレー屋で合コン？　考えたこともなかった。同時にふと、カレー界で有名な稲田俊輔がカレーの唯一の欠点は、すぐ食べ終わってしまうこと、とツイートしていたのを思い出す。深く頷いてしまう話で、だからこそ稲田が総料理長を務めるエリックサウスの渋谷店にはコース料理があるのだった。そうだ。あそこなら合コンできる。これはいいひらめき。ちょっと声高に、でも、合コンで少しテンションが上がっているのがバレないようにアイデアを披露する。

「渋谷のエリックサウスはいいんじゃないかなぁ。あそこには南インド料理をオリジナルにアレンジしたコースがあるんだ。合コンできるよ、あそこ」

「いや、竹中、今ならデリーの新宿ミッドタウン店だろ。この前はいっぱいで入れなかったのよ。悔しくて夢にまでデリーのカシミールカレーが出てきたからね。俺、本当に好きなの！　いやー！　楽しみだなあ！」

体躯に見合った重厚な声で笠井さんが割り込んでくる。ノイズだ。しかも、ミッドタウンだという。何を言ってるんだ。

たしかにデリーは大名店だ。日本カレー界にはデリー系という系譜が存在するくらい重鎮。僕はデリーが好きで、緊急事態宣言中にデリーのレトルトカレーを買っていた。その時にけっこう調べたのだ。デリーは昭和の創業から、全国に暖簾筋をいくつも輩出した。商社にお勤めだった創業者がインド駐在時に感動したカレーを努力と気合で再現し、さらに独自の進化を遂げたしゃばしゃばのカレー。メニューには多様なカレーのラインナップがあるが、中でも名物の辛口カシミールカレーは格別だ。かなり辛口だがびっくりするほど美味い。ここのメニューをそのまま引き継げば、デリーという名を継承するが、オリジナリティを加える場合は店名を変えて独立が許される。現在は湯島と銀座、六本木のミッドタウンに店がある。銀座店は格式あるインドレストランなので、そこならわかるが、ミッドタウンはフードコートのような作りなので、あそこで合コンは無理だろう。そして、そもそも笠井さんは呼んでない。

「笠井さん、六本木はフードコート的な路面店じゃないですか。銀座店の間違いでしょ？　あそこはレストランだし、料理もいろいろあるから合コンできるだろうけど。というか笠井さんは呼ばれてませんからね。ここは南インド料理のレストランを……」

「違うよ、新宿ミッドタウン店だって」

予期せぬ返答にリズムが狂う。聞き逃していた。六本木のミッドタウンじゃなくて、日比谷ミッドタウンでもなくて、新宿ミッドタウン？　新宿にミッドタウン？　僕含め、笠井さん以外の全員がネットワーク障害みたいにフリーズする。耐えきれなくなって安田が口を開く。

「ちょっとー！　もう！　新宿にミッドタウンなんてないでしょ？　ミッドタウンがあるのは、六本木と日比谷でしょ。てか、もしかして、私が産休してる間に新宿にミッドタウンってできたの？　ははは、って真面目に拾っちゃったんじゃん、わたし」

これを気遣いと処理できない笠井さんは続ける。

「いや、あるでしょ！　新宿ミッドタウン！　知らないの⁉」

三人は完全に沈黙してしまう。笠井さんだけが、え？　知ってるの俺だけ？　などと話続ける。Zoomの〝誰かが喋っている間は聞かなくてはならない〟という仕様がこの不協和音をさらに増幅させた。酔っ払ってる？という3人の視線がモニターごしの笠井さんに刺さりまくるので、佐々木は、ちょっと飲み過ぎましたか？と優しく投げた。が、笠井さんは馬鹿にするなと言わんばかりに太い首筋に血管を浮かばせながら大声を出して繰り返した。

「酔ってない！　酔ってない！　新宿ミッドタウン！　新宿三丁目駅に直通であるでしょ？去年の年末くらいにできたやつだよ！　アジア文化がバーン！みたいなとこ！　思い出してよー！」

認知症の発症に立ち会ってしまったらきっとこんな空気になるはずだ。どんよりと重たい。しかし、笠井さんは本当に酔っていないようで、こちらの雰囲気を読みとったか、たくましく太い腕を組みながら、んーと唸り、申し訳無さそうに自分の記憶を辿る顔になった。こっちはどうしていいかわからない顔が3つ並んでしまう。

「え……おまえら、本当に知らないの……あれぇー……できたばかりだけど、あんな奇妙な場所なら絶対に知っていると思ったんだけど、本当に知らない？　去年の年末に塚本先生と一緒に行ったんだよ。わざとネットの検索にもかからないようにしてるって聞いて、斬新だなって。すぐにコロナになっちゃったから、話題に上がらないだけだと思っていたんだけど。俺の方がおかしいのかな。なんだか自信無くなってきた」

陰影の深い困り顔が元部下達と視線を合わせないようにキョロキョロした。酔っ払っているでも、笑わせようと引っ張っているでも無い。恐竜顔が見事な挙動不審で狼狽えている。

「いや、知らないですけど……うーん、そこまで真剣に言うんだったら、一応、ググりますね。ここで、はい！　騙されたー!!!　とか言ったら、マジで怒りますよ」

僕が言い終わる前に、安田は「新宿ミッドタウン」を検索しているようだった。僕はそっちは任せてInstagramを検索する。六本木と日比谷のミッドタウン情報しか出てこない。Facebookも同じだった。佐々木はTwitterを調べている。

「Twitterを検索すると謎にインドっぽい言語とゴージャスなサリーを着たおばさんが写っている写真投稿だけですね、あとは、新宿とミッドタウンというキーワードが一緒に使われているだけの関係のない投稿ばかりだな」

安田も一通り調べたようで、笠井さんに言う。

「調べましたけど全然無いっすよ、やっぱり。というか絶対にありえないですよ。このご時世に、ミッドタウンって冠つく場所がＳＮＳに引っかからないなんて。酔っ払ってたんじゃないですか？」

「いや、そんなわけないんだ。インバウンド向けなのかな？ってくらいアジア系の外国人が多くってさ。5階がバカでかいレストラン街になってて、そこにたしかにデリーがあったんだよ……すごい人気で混んでて入れなかったけど……えー……でも、やっぱりおれがおかしいのかな。なー、申し訳ないんだけど、新宿ミッドタウンがあるかを一緒に確かめに行ってもらえないかな？　おれ、怖くなってきたよ」

ここまで来ると、こちらも気味が悪い。だが、畏怖を感じつつも、怖いもの見たさに近い何かが自分の中ではしゃいだ。笠井さんの経験談はパラレルワールドに迷い込んだSF小説に近い。昔なら何いってんの？で鼻にもかけないが、今は違う。ついていけば、また僕も常人では知りえない奇妙なスパイスの世界に踏み入ることができるかもしれない。沼尻さんのところでの経験は恐ろしくもあったが、カレーの化身と接触することができた。僕はあの存在に惹かれている。また会って「期待している」の意味を追求したい。それにしても、昔ならあんな奇怪なものには近づこうなんて一切思わなかったはずだ。コロナ禍の生活に退屈しているだけだろうか。いや、きっとこの感覚は間違っていない。言葉が頭に吸い込まれていく、あの感覚。あの高揚感をまた味わいたい。

「笠井さん、そうしましょう。二日後の午前11時に地下の伊勢丹入り口の前で待ち合わせしません？　佐々木と安田もどう？」

安田は両手でバツのジェスチャーをつけながら、子供がいるからもちろん無理！　結果は教えろ！と返答があった。佐々木も来ないだろうなと思ったが、意外なもんで、面白そうだから一時間くらいなら付き合う、伊勢丹にも用事あるしと付いてくることとなった。

僕は副都心線に乗っている。今日から緊急事態宣言解除だ。約1ヶ月ぶりに電車に乗ったが、席には自然と一人分の間隔を空けて座るルールが出来上がっている。誰かが決めたわけではないだろうけど、誰もが守っていた。時間は10時40分。本当に乗員数が少ない。つり革に頼ることを避けて立っている人もいる。

潔癖という言葉からは対の位置で生きてきた僕には、けっこう衝撃だった。最初は気にしすぎじゃね？　くらいの気持ちだったが、自分の身体を懸命に守る姿勢は結局のところ社会を守ることになるのかもしれない、それが経済を鈍くする根源であっても批判はできないか、なんて考えているうちに新宿三丁目駅に着いた。

伊勢丹の地下入り口前で集合だった。ワインの空き瓶がモチーフになってショーアップされたエスカレーターの前にTシャツにグレーのジャケットを羽織った佐々木がいた。佐々木は昔からこうだった。いつも待ち合わせ時間より早く到着している。特にプライベートで会う時がそうだった。昔、なんでその辺しっかりしてるの?と聞いたら「自分を律するって大事なんだよ、できる芸人は遊びに遅刻しないという格言があるんだぞ」と言っていた。同時に、おまえ芸人じゃないじゃんと言いたかったけど黙っていたのを思い出す。

しばらくすると定刻通りに今回の発起人が到着した。笠井さんはオシャレだ。今日も品のいいツルっとした紺色のポロシャツに、絶妙な丈で藍の濃いジーンズを合わせている。足元は素足に見られるような浅い靴下で、いやらしくない程度にテカリがあるローファー。これを分厚い胸板のがっちりした体型で着こなすから格好いい。腹も出ていない。軽い筋トレしかしてないと言うが、全国大会にも出場した元ラガーマンの軽いは軽く無いんだろう。

「二人とも早いな。遅刻はしてないのに、ちょっと焦ったわ」

「本当は先に来て、この辺をぐるりと回ろうと思ったんですけどね。でも、やめておきました。新宿ミッドタウンには笠井さんに導いてもらわないと意味が無いですからね!!」

あっけらかんと、佐々木が言う。一歩間違えれば嫌味だが、こいつが言うとそう聞こえないのが不思議だ。なぜか和やかになる。

「もー! 本当にあったんだって! あったら、おまえらのおごりだからな!」

三人で高島屋方面の階段を下りる。副都心線は他の地下鉄よりも少し深い。こちら側の通路は、明治通りに沿うような形で途中に地上階段もあるが、伊勢丹前の地下通路に比べて人の出入りが少ない。このあたりに、よりによって半年前くらいに竣工したはず、というミッドタウンがあるわけないだろう。流石に閑散としすぎている。

笠井さんの顔からは自信が消え、代わりに不面目が頬を朱に染めていた。

「おかしいな……この辺にあったはずなんだけどなー！　いや、本当にあったんだよ！」

「もうカレーまわりでは、何が起きても不思議じゃないですけどね。でも、流石に笠井さん、今回は何かの勘違いじゃないですか？」

「え？　カレーまわり？」

佐々木がきょとんとした顔でこっちを向く。

「いやー、ごめん、気にしないで、気にしないで。ちょっとしたカレーマニアだけがわかる会話だから」

佐々木は意味わかんねえよと腑に落ちない様子で続いて歩く。高島屋までの地下通路は長い。ちょうど中間地点くらいかなってところで、佐々木の足が止まった。最初は壁のポスターか何かに注意を取られているのかと思った。

しかし、よく見ると佐々木の目線の向こうにある壁が、蜃気楼のようにゆらゆらと揺れだしている。笠井さんも、え？と小さく声をあげる。揺れていた壁は段々とキラキラとした輝きを発しだした。その閃光が強くなると壁面は水面に石が落ちたときのような波紋の運動を始める。その波状がだんだんと広がり、そのスピードも小刻みに早くなっていく。バシャバシャと音を立てだしたところで、急に滝が崩れるようにさっきまであった壁が流れ落ちた。僕は思わず、ギャー！と叫ぶ。佐々木も過呼吸になりそうな口をパクパクさせている状態で動けない。壁が流れ落ちた跡には、パルテノン神殿の支柱を並べたような入り口が出現した。

「あー！　ここだー！　良かった！　やっぱりあった！　な！　言ったろ！」

「な！　じゃねー！　これはあったって言わないでしょう!!!　なにが起きたんですかー！」

佐々木は金縛りが解けたばかりの人みたいに、ゆっくりと動いて、壁を触ったり、叩いたりしている。

「信じらんねーわ。材質は、普通のコンクリートだと思うけど。でも、年季が入ってるな。半年前にできたって感じじゃないよ、これ」

支柱の間を抜けるとすぐに小上がりがあった。重厚感のあるガラス扉を正面に構える。その脇には自動ドアと車椅子用のスロープが併設されている。しっかりとしたバリアフリーだった。入り口からは温かみのある暖色の灯りが溢れている。中をゆっくりと覗く。すぐに地下食品街であることがわかった。伊勢丹や高島屋と同じだ。地下1階は、スイーツ、惣菜、高級食材が並ぶセオリー。だが、一つ圧倒的に違うことがあった。

「外国の市場みたいだ……」

そこにはアジアが拡がっていた。客も多い。マスクをしているのでわかりにくいが殆どが外国人のようだ。笠井さんが、これだ！　これだ！　とはしゃぎながら扉を開ける。僕と佐々木も後を追って吸い込まれた。食欲を掻き立てるスパイスの香りがいきなり爆発している。店子の区画は規律正しく決まっているが棚や冷蔵ケースに置かれた見たこともない食べ物からはアジアの市場らしさが溢れ出ていた。遠目からでもスパイス店、ハーブや野菜を売っている店、豆や米を売る店、でかい冷凍の魚を売る店、吊るした肉を量り売りしている店などなどが確認できた。あきらかに日本ではない。

向かって入り口の右側は、スイーツエリアだった。ビビットさが際立っている。やたら目力が強い女性が立っている店には、翡翠色のタイルに原色とも言うべき色合いのクッキーや、焼き菓子が並んでいた。伝統的というよりは、オリジナルのアイシングクッキーみたいな感じだ。

その横からは団子のようなものから、様々なアジアの菓子店が並ぶ。台湾のパイナップルケーキなんかもあった。しばらく進むとインドのアイス「クルフィ」の店というのがあった。クルフィはたしか一度、高円寺のインドレストランで食べたことがある。ナッツの美味さと乳製品が相まって非常に美味しかった。店構えが、ネオン看板を使ったどこかサーティワンみたいなデザインのテナントで、なんとも地下街全体のカオスっぷりを牽引している。

笠井さんが、黒くマット加工された陳列棚で足を止める。花やハーブで彩られたロールケーキみたいなものが何種類も並んでいた。店員が威勢のいい声を上げる。

「おひとついかがですか？　ハルヴァをお土産にいかが？　いろんなハルヴァがございますよ！」

「ハルヴァ？　ハルヴァってなんですか？」

「アフリカの西にあるモロッコから東はバングラデシュくらいまでに広がるお菓子です。温かいプリンとケーキの中間みたいな感じですかね。冷やしても美味しい。国によって、ドライフルーツ入れたり、ハーブ入れたりと違いがあって面白いんですよ。これだけの種類が一気に揃うことはないです！　こんなことできるのは専門店のうちだけ！　壮観でしょう！」

たしかにすごい見た目。と、うっかり買ってしまいそうになる。まだ入り口だ。ややダウントーンで、勉強になったありがとうと応えて逃げる。今度は惣菜コーナーに入った。スパイスの香りが一層強くなる。カレーや、タイ料理なんかはもちろんだが、インドの漬物、アチャールの専門店から、アヒルの頭のスパイス炒めを売っている中華系の店まであった。

しばらく歩くと、マレーシアの国旗を掲げる店の綺麗な女性に呼び止められた。

「いらっしゃいませ！　マトンルンダンいかがですか？　サンバルもついてます」

香りもいいが、もう見た目がとてつもなく美味しそう。堪らない。

「ルンダン？ってなんですか？　それにサンバルって南インドの野菜のカレーですよね？」

「ルンダンは中華系マレーシア料理です。ココナッツやレモングラスが入ったカレーみたいな感じですね。八角がアクセントになってて美味しいですよ。このサンバルはマレーシアの辛味調味料です。同じ名前だけど南インドのものとは違うんですよ。私、普段は荻窪でお店やってるんですけどね、今日はポップアップなんです。今日は最終日！」

めちゃくちゃ気になる。最近インド以外のカレーを掘っていて、ミャンマーのチキンカレーであるチェッターヒンに行き着いたばかりだった。マレーシアには、こんな料理があるのか。よく見るとライスがうっすら緑色だ。食べてみたい。本当に僕はどうしてしまったんだろう。スイッチが入る瞬間があって、そうなると食に貪欲になってしまう。世界中のカレーを食べ尽くしたい。何かが内側で燃えている。

「ひとつ買おうかな……」

おい、と笠井さんが遮る。そうだ。これからデリーを確認しなくてはならないのだった。帰りに寄りますと詫びて立ち去ると、待ってるよー！と大きな声が追いかけてきた。エスカレーターに乗る。スピードに合わせて地下街を見渡すと、改めてコロナ禍だというのに外国人が多くて驚く。いや、よく考えたら日本人を見ていないかもしれない。それくらい新宿のど真ん中なのに異国だった。

「この新宿ミッドタウンは、日本に住んでいるアジア人向けに作られてますよね、きっと。しかし、みんな、どうやって入ってきたんだろう？　あの入り口から全員入ってきたわけないよな？　会員制か知らんけど、別の入り口があるのかな？　じゃないと流石にあれは話題になるよ」

「いやー、この前、塚本先生と来た時は、普通に入れたんだけどな……あんなアトラクションも無かったよ。でも、日本人は確かに少なかったな。今日みたいに日本人を見ないってことも無かった気がするけど。本当に世間のコロナ事情と逆だな、ここは」

1階のフロアは、他のデパート同様でハイブランドが並んでいる。ただ、ここでもディスプレイをよく見ると異変に気づく。マネキンがサリーを着ていたり、ターバンを巻いていたりしているのだ。まさかと思って、中を覗く。

「すんげえ……GUCCIだけど、GUCCIのサリーとか民族衣装しかないですよ、ここ」

「前に来た時は、そこまで見なかった！ 本当だ！ それにあっちのフロアの端っこに仕立て屋があるぞ。生地だけ買うとかもできるんだろうな」

おもしろいので一通り1階を廻る。どこの店舗も現在のシーズンコレクションは扱ってなく、オリジナルの民族衣装的なものだけを取り扱っていた。ジミーチュウのターバンがトゲトゲしててかっこいい。

イケてるー！ なんて騒いでいると、佐々木が、あれっ……と足を止めた。どうした？と聞くと、至極真っ当なホラー映画の恐怖体験真っ最中みたいな答えが返ってきた。

「1階なのに……入り口ないね……」

エスカレーター脇の地図を見る。入り口が書かれてない。鼓動が早くなる。マジだ。1

階なのに、外に出られない。ここまではっきり意図がある感じで入り口がないと、店員さんに入り口ありませんよねー？って聞くのは、ありませんが、何か？とか言われそうで無茶苦茶怖い。よく考えたら、そもそもなんで入れたのか全くわからないのだった。もしかしたら神隠しの世界に迷い込んでしまったのかもしれない。

「笠井さん、マジで大丈夫なんですか？　この三人で唯一の生還者が笠井さんですからね。僕たちカレー食べながら豚になったりしないですよね？　マジで怖いんですけど」

「う、うん、大丈夫だと思うんだけどな……この前は普通に地下街から地下鉄に乗って帰ったんだけど……とりあえずデリーがある5階に行こう」

三人でエレベーターを探しにいく。エレベーターは全部で6機あった。手前から4機の扉はメタリックで一般的なものだが、奥の2機はエジプトの象形文字のような装飾が施され金色に輝いている。おそらく最上階付近に直結するものだろう。何階まで行けるのか気になったので到着ランプの上に書かれている乗降可能な階数をチェックする。手前から4機は5階止まりだった。建物自体が思っていたよりも低いのか、と残りの2機の乗降階数を確認すると思わず声が出た。

「きゅ……99階」

驚いた。99階っていったら世界でも指折りの高さになるのではないだろうか。97階まで直通で、そこから各駅停車のごとく、99階まで停まる。5階～97階まではホテルか、オフィスが入っているのかもしれないが周辺には案内が何も無い。なにこれ、とたじろいでいると、99階行きのエレベーターが開いた。ドアマンのような格好をした屈強な中東系の男性が聞いてくる。エレベーターボーイのようだ。

「Would you like to take the elevator? あ、日本人の方。失礼。乗られますか?」

「あ、いや……えと、大丈夫なんですが、あの、99階には何があるんですか?」

「OH!ご存知でない? それは、もちろん……」

エレベーターボーイは一瞬のためを作って、濃い眉をつり上げながら続ける。

「新宿中村屋でございます」

中村屋。そうか、そうですね、いや、そうなの?? あのカレーと、肉まんで有名な中村屋? 頭が混乱しながらも、とにかくここから離れた方がいい気がしてぶった斬るように返答する。

「そ、そうなんですね! ありがとうございました!」

新宿中村屋の豪壮さを思い知った。ボーイ付きのエレベーターではどこに連れてかれるかわかったもんじゃない。そそくさと退散し、僕たちは三人でまたエスカレーターに戻った。

ざっと2階、3階、4階はエスカレーターの脇にあるMAPを見る。2階は日本にはないカジュアルブランドが入っていた。インドのファブインディア、スリランカのエム・ファクトというブランドのフロア占有率が高い。3階はインテリア、電化製品、雑貨のブランドフロアだった。なかでもアジアハンターという店がフロアの面積の半分を占めている。インフォメーションに聞くと幅広いニーズに応える店として有名でとても人気があるらしい。社長はなんと日本人というからびっくりだ。

だんだんと、三人は落ち着きを取り戻してきた。ここに集まっている店舗は日本では知られていなくても世界的な一流ブランドを取り扱ってるし、誰に話しかけても快く教えてくれる。自分達に何か危害がもたらされるようなことは無いだろう、そう思えた。4階は書店になっていた。カフェと併設させた本屋で最初、蔦屋書店かと思ったが店名は、かもめブックス、とある。ここにも日本人の姿はなく、一番目立つ棚には洋書や中国語の本だけでなく、ヒンドゥー語、アジア系の異国の言語らしい書籍が平積みされていた。かなりの盛況ぶりだ。大きな笑い声が聞こえたので、そちらに目をやるとカフェでオンラインミーティング中の髪の毛がモジャモジャしたおじさんだった。ロボと書いてあるTシャツを着てる。たぶん、日本人だ。何者だろう？　そういえばこの建物に入って、初めて見た日本人かも知れなかった。

5階に到着した。この時点で情報量が多すぎて脳味噌の疲労が凄まじい。通常、百貨店やデパートの最上階はレストラン街になっているもんだが、この新宿ミッドタウンは5階がその役割を担っていた。もっとも、エスカレーターは5階までで、5階からはさっきのエレベーターだけらしい。他のフロアとは入り口が違うのだろうが、商業施設としては、ここが最上階と言えば、最上階なのだろう。僕たちはデリーに向かった。

レストラン街のフロアには蕎麦屋や、イタリアンなんかがあるもんだが、ここには、その影すらない。明らかに日本人を対象としていないのがわかった。廊下はビビットなグリーンで、壁は淡いピンクがわざと霞むように塗装されている。天井はバナナリーフと百合の花がモチーフのパターンで縁のライティングまで美しい。そして、どこにいてもスパイスの香りが満ちていた。フロアにいるだけで魂が踊り出す。気持ちが昂ぶっていく。

デリーは上りのエスカレーターを降りた目の前の好立地に店を構えていた。ここまできて言うのもなんだが本当にあった。あったのだ。

沢山の外国人が和やかにテーブルを囲んでいる。他の店舗も賑わっていたが、デリーはひときわ盛況だった。もっとフロアをよく見て回りたいと思ったが、鼻の穴を膨らました笠井さんにその余裕はない。

「いやー！　良かった！　ちゃんとあった！　な！　あったろう！　早速、入ろう！」

オリエンタルな店構えが多いなか、デリーは落ち着いたトーンの照明で絢爛とは逆の上品さを演出している。ダークブラウンの木目調の壁面には金色のプレートが嫌味なくアクセントになっている。椅子は革張りでその艶から上等な革が使われているのが入り口からでも確認できた。計算された引き算のラグジュアリー感。

店内の活気に予約をしてくるべきだったかと一瞬焦ったがよく考えたら予約するにも電話もウェブサイトも公表してないんだからしょうがない。並ぶつもりで入り口に行くと、ちょうどよくお会計を済ませた何人かのインド人らしいファミリーが出てきた。

並ばなくて済みそうですね、と佐々木が店内をうかがう。僕はそれを横で聞きながらスマホをチェックする。電波が無い。コンサートホールや劇場にある強制的な電波遮断だろうか？と考えてると、笠井さんが声を荒げていた。

「えー！　なんで！　入れないの？」

笠井さんの前で申し訳なさそうにしているのが、いかにも支配人という姿をした日本人だった。

「大変申し訳ございません。ここにいらっしゃるという時点で、お客様の『カレー力』が基準値以上ということは間違いないのですが、デリー新宿ミッドタウン店は会員制になってまして、会員証をお持ちでない方にはご遠慮いただいております。誠に申し訳ございません」

カレー力？　会員証？　わからないことずくめだが、ここまで来て簡単には諦められない。間に入る。

「すみません、ちょっといいですか。お話聞いてて、よくわからないんですが、カレー力？　それが高くないと問題あるんですか？　それと会員制はわかりましたけど、どうやったら会員になれるんですか？　それもカレー力と関係あるんですか？」

「失礼。初めてのお客様でいらっしゃいますね。世界にはカレー力という力が存在します。そのカレー力が高くないとこのビルには入ることができません。日本人は国民食にカレーを据えるくらいの国ですから、カレー力平均値が高い稀な民族です。しかし、入場に至るまでのカレー力を持つ者は殆どいない。世界各国の食文化理解、蓄積されたスパイス経験、カレー的融和精神、この三つの基準を満たした者だけに、あの地下1階の入り口は開かれるのです。来店の二回目からは、あの入り口が皆様を選別する仕組みになっております。自動ドアのように入場できるようになりますのでご安心下さい。そして、私ども、デリー新宿ミッドタウン店への入店はさらに会員証が必要になります。ここは特別な場所でして、代表の田中が認めたお客様にのみ会員証を発行しております。それがないと申し訳ございませんがご入店をお断りさせていただいているのです」

これを聞いて、不満げな笠井さんが、おかしいよ！　おかしいよー！と切り出す。

「おかしい！　おかしいな！　僕は二回目だけど、最初来た時にあんなアトラクションは無かったよ！　普通に入れましたよ！」

「それは、確かにおかしいですね？　前回はどなたさまかとご一緒に入られました？」

「カレーしか友達がいないような医者と一緒でした」

「カレーが友達の医者？　もしかして、塚本様ですか？」

「そうです！　そうです！　あれ？　もしかして常連⁉」

「はい、お得意様です。それでしたら理解できます。塚本様の〝カレー力〟でこのビルには入れたのでしょう」

「はい？　カレー力？」

「この建物はカレー力が高い方とご一緒でしたらご自身のカレー力が足りなくても入ることは可能です。ただ、あの門は人を選びます。カレー力の検知とSNS履歴等のビッグデータから、この建物にとって不利益であると判断された人間は例えお知り合いであろうと入れません。または、単純にカレー力が足りていない方の場合もお一人ですと、やはりあの門は開きません。今回は、お客様3人ですと、そちらの方のカレー力が高かったから入れたようですね」

支配人は佐々木に目線を向けた。佐々木が？　今度は僕が聞く。

「こいつのカレー力が高いんですか？　僕とこのごついおじさんは、まだカレーにハマってる方なんでわかるんですが、このスパイスのことなんて全然知らないはずのチンチクリンが僕たちよりもカレー力が高いってことなんですか？」

「そのようです。なぜそうなのかはわかりかねますが、そちらのお客様のカレー力が高いのだけは確かです。ただ、お二人とも、きっともうすぐです。そう遠い未来ではございませんね。なんとなくわかるんですよ。オーラというか。うん、お二人とも、ご自身のカレー力で入場できる日は近いですね」

佐々木は何が起きているか全く理解できていない様子だった。ずっと眉間にしわを寄せて「おれが？　なに？」と人差し指を自分に向けている。

「佐々木、その、変な話だけどさ、なんで自分のカレー力が高いか、なんてわかんないよね？　実はイチローに憧れて毎朝カレー食って10年です、とかだったりしない？」

「知らんわ！　野球に興味ないしインド人の親戚もいねえよ！」

「だよなー。でも、理由はどうあれ佐々木がいて、僕も笠井さんも不利益な人間ではないと認定されたから、この新宿ミッドタウンには入れてるってわけだ。ただ、こちらのレストラン、デリーさんへは結局、その会員証ってのが無いと入れないんですよね？」

「そうなんです。申し訳ございません。代表の田中が認めた方でないと入れないんです。発行については、基準というものは無く、全て田中の独断で決まります。会員証の発行権も田中にしかありません。弊店もどなたかが会員証をお持ちでしたらグループ入店も可能なんですが何卒ご理解下さい。決して高慢な意味合いではございません。皆様は『カシミールカレー特上』を楽しみにご来店いただいてますよね？　田中が今日ここにいれば話が早かったんですが。今日は店舗を回っておりまして。何卒ご理解いただければと思います」

笠井さんの目がギラっと光る。

「なんですか、その『カシミールカレー特上』ってのは？　普通のカシミールカレーではないんですか？　特上って何ですか？　何ですか？」

「ご存知じゃなかったんですね。この店舗だけの特別カレーです。通常のカシミールカレーに辛味、旨味、甘味が足された逸品でして、殆どのお客様がご注文なさいます」

そんなカレーがあるとは。何としてでも食べたいが会員証が必要ということであれば今日は仕方ないか、この場所を知れただけでも御の字か、と納得しかけたその時、笠井さんの貪欲な恐竜が牙を剥く。

「私、デリーさんのカレーが本当に好きなんですよ。田中社長に会って認めてもらえればいいんですよね？　こちら営業時間は何時までですか？」

「え？　あ、はい、一応、通し営業でラストオーダーは21時となっております」

「竹中ぁー！　今、何時だ！」

「はい？　えと12時40分ですけど」

「あと8時間以上もあるじゃねーか！　いくぞ！」

「ちょっと！　どこ行くんですか？」

「田中社長のところだよ！　会員証を発行してもらうぞ！　質問よろしいか！　支配人！」

「は、はい！」

「田中社長は今どちらの店舗にいるかわかりますか⁉」

「えと……今日は上野店からまわっているはずですから、まだいるかと。でも、あの、会えたとしても、必ず会員証をもらえるわけじゃないんです。代表の田中には不思議な力がありまして……」

笠井さんが、その言葉を遮る。営業マン時代の顔をしている。目的遂行型の男。結果が全てと言い切ってきた笠井が吠えた。

「やるか、やらないかなら！　やるだけですから！」

僕たちは上野に向かうことになった。佐々木は買い物の用事が終わってないんですけど、と嘆いていたが、それが明日じゃダメな理由なに？と元上司に凄まれる。可哀想だが何故かこいつがいないと再入店できないんだからしょうがない。僕は「諦めて」と佐々木の肩を叩いた。


デリー上野店は上野公園にある不忍池の近くだ。発祥の店でもある。新宿三丁目駅から、明治神宮前駅に行って、千代田線に乗り換え、湯島駅に向かう。新宿三丁目駅からは湯島駅で降りるのが最短のルートらしい。今までデリーに行く時は、全て上野駅から向かっていたから位置関係がいまいちつかめなかった。でも、地上に出るとすぐに晴天に映えるデリーの看板を見つける。湯島駅からの方が圧倒的に近かった。

「いらっしゃいませ。何名様ですか？」

僕は、この状況の説明の難しさに苦悶するが、笠井さんは素早く反応した。

「いえ！　すみません、客ではあるんですが、ちょっと面倒なお願いのある客でして！　田中社長はいらっしゃいますか？」

「あ、うちの代表にご用事ですか？　たった今、銀座店に行きましたけど」

「なんとー!!!」

笠井さんは大声を出しながら手のひらで自分のおでこをバシバシ叩く。まわりでカレーを食べてるお客さんは、なんのこっちゃか全くわからず、悔しがる笠井さんをスプーン片手に見つめている。

「くそう。でも、銀座だ。ここから、そんなに遠いわけじゃない。タクシーで行くぞ！　すみません！　ありがとうございました！」

僕は新卒の営業職の子分みたいに頭だけ下げて、笠井さんの後を追って店を出た。勘のいい佐々木は、もうアプリでタクシーを選び始めていたが、笠井さんが強引に個人タクシーを捕まえる。

佐々木が、キャッシュレス対応してないタクシー嫌いなんだよなーとぼやく。それをなだめて昭和通りを南下。すぐに築地本願寺が見えてきた。右折したら、もう少しだ。塚本院長の銀座グリーンクリニックがある通りを横切る。

「塚本先生も誘えば良かったかなぁ」と笠井さんが日差しの照り返す歌舞伎座を眺めながらつぶやく。

「塚本先生と一緒に新宿ミッドタウンに行った時、デリーに入れなかったって言ってましたけど、その日は結局どうしたんですか？」

「どこも混んでたから、塚本先生とすしざんまい行って帰ってきたんだよね」

「どうやったら、あそこから鮨屋に着地する心境になるんですか？」

必要なかった会話が終わるタイミングで到着。銀座はいい。東京の東側で作られた余裕のある品格。今はまだ明るいから感じないが、銀座は夜にかけて、その濃度を高めていく。有閑者の遊び場。鮨屋、クラブ、BARが、今から数時間かけて銀座という顔を作りあげる。やっぱりここは東京でもちょっと特殊な文化の発信地なのだ。デリー銀座店も大衆的な上野店と違って高級レストランの趣がある。

エレベーターに乗って3階にあがる。今度こそは！と笠井さんが受付に忍者のような小走りで近寄るが誰も来ない。あれ？と、ここで店内の様子がどうもおかしいことに気づく。

急に頭に刺さるような甲高い笑い声が聞こえた。同時にスプーンがカチンカチンと皿に当たる音がする。笑い声の主は、笑い終わると、はふっはふっ、うめぇー、うめぇーと呻きのような声を上げた。髪が真っ赤な男だ。こちらに背を向ける席に座っている。見かねたウェイターが、ちょうど注意するところだった。

「お客様、もう少しお静かにしていただけませんか？」

「はぁー？」

最初は気づかなかったが、赤髪の男は上下同じストライプ柄のパジャマ着ていて、素足にスリッパを履いていた。病院からそのまま出てきたような格好だ。

「うるせえな、カス野郎！　誰かに迷惑かけてるかよ！　まわりに聞いてみろよ、ボケが！」

男が罵声と同時に振り向く。その顔に僕と笠井さんは硬直した。それは見覚えのある顔だった。僕はたまらず叫ぶ。

「西田！」

人相がまるで違っている。攻撃的な眼。しかし、赤髪の男は紛れもなく西田だった。今は塚本先生のところで療養中のはずだ。佐々木が、西田って誰？と聞いてくるので、おまえが辞める年にいたぞ、と伝える。あー、全然憶えてないわ、あんな派手なのになーって言ってて、赤髪のまま入社させるわけねーだろっと思ったが、それどころじゃなかった。仰天している僕と笠井さんに西田が気づく。

「なんだよ、もう話がまわったのかよ。もう動けんのかよ、あのタコ。もっとぐるぐる巻きにしとけばよかったな畜生。塚本のところには絶対戻らねーからな！」

塚本先生の病院から逃げてきた？　いや、それ以前に西田がまるで別人だ。とにかく、入院先から無断で出てきた西田に出くわしたのは間違いないようだった。笠井さんが両手を前に伸ばした状態で、ゆっくりと前に出る。

「西田！　おまえ、何やってるんだ？　ぐるぐる巻きって、塚本先生に何をしたんだ⁉」

「はい？　はっ？　どういうこと？　知らねーの？　もしかして、ここで会ったの偶然？　塚本のサイコ野郎から連絡来てここに来たんじゃねーの？」

「西田、おまえ何言ってるんだ？」

赤くなった髪をかき分けながら西田の肩が細かく揺れた。一瞬泣いてるようにも見えたが、笑い出すのを我慢しているだけだった。すぐにカカカッと笑い声が漏れ、次第にそれは南国の怪鳥のような甲高い鳴き声に変わった。それが店内に響く。まわりの客の中には席を立つ準備を始める人もいた。

「カーカカカカッ!!!　なんだよ、偶然かよ！　すごいな！　俺の脳みそをこんな風にしちまった奴らと、まさか解放記念日に会えるなんてな！　カカカカカカ！」

「西田！　質問に答えろ！　おまえ何をしたんだ！」

西田の笑いがぴたっと止まる。わずかな笑いの残響が緊張を高めた。

「俺は……部屋を出たんだ」

部屋？　何を言っているんだ。僕たちは次の言葉を待つ。

「俺は部屋を出た。昔、パスカルって奴が言ってたんだってよ。知ってるか？　人間は部屋にいれば、災いを受けないのに、ずっと部屋にいることができないんだ。飯が運ばれてきて、必要な設備が全部そろっている部屋でも人間は、どうしてもドアを開けちまう。でな、俺も部屋を出たくなったんだよ。病院のベッドの上でそう思ったんだ。そしたら急に自分が人間なんだって認識できて嬉しくなったんだよ。

だから、部屋を出た。コロナだろうが関係ない。自分の時間の使い方は、自分で決める。俺は、俺の支配者だ。俺は今、猛烈に、辛ぁぁぁいカレーが食べたくてしょうがないんだよ。辛さが俺を安心させてくれるんだ。だから俺のカレーの邪魔をするな！」

西田はどこからともなく円柱形の小さな白いプラスチックケースをかかげた。薬が入っているようなケースだった。そこに視線が一気に集まる。すると、佐々木が両手でこめかみを押さえ、呻きながら膝をついた。急に頭痛に襲われたようで、ひどい顔をしている。痛みに耐えながら、声を振り絞った。

「そ、それ、知ってる……アサフェティダだ！　みなさん、危険です！」

「お、わかるやつがいるね。静かにしねーと、これをばらまくぞ！」

僕は何が起きているのかわからない。でも、厨房のインド人達はすごい慌て方をしている。

「佐々木！　アサフェティダってなんだ！　毒薬か！」

「洋名はアサフェティダ。インド現地ではヒングと呼ばれる。樹脂の粉末からとれるスパイスで、熱した油を通すと素晴らしい香りになるが、そのままではドリアン以上の強烈な臭気を持っている！　その匂いから悪魔の糞とも呼ばれるほどだ！　あれをばらまかれたらひとたまりも無いぞ！」

「なんで、おまえがそんなこと知ってんだよ！」

西田が前に出てケースを振り回す。

「ごちゃごちゃうるせー！そこをどけー!!!」

西田は素早くアサフェティダのケースをナイフのように持ち、脅しながら器用に壁に背を向けてエレベーターのある入口まで辿り着いた。悪魔の糞と恐れられる片鱗が軽く漏れている。蓋がしまっているというのにすごい臭気だ。確かにこれがばらまかれたら大変なことになる。僕達は動けない。西田はエレベーターに乗り込む。

「カカカカー！　じゃーな！　おまえらは、さっさと塚本の野郎のところに行った方がいいぞ。死んでるかもしれないぞ！　生きてたら伝えてくれよ、おまえが会員証を渡さなかったから、田中社長が危ねーぞってな！　カカカカ！」

西田待てー！　と笠井さんが叫んだと同時に、エレベーターは閉まった。

追うべきだとはわかっているが、僕はさっきの続きを佐々木に確認せずにはいられなかった。

「佐々木、なんでおまえ、あのスパイスのこと知ってたんだ⁉」

「わからない。いきなり思い出したんだ……おれ、どうなってるんだろう？」

エレベーターの方を見ながら笠井さんが遮る。

「その話は後だ！　それよりも急ごう！　こうしちゃいられない！　塚本先生のところに急ごう！　それにあいつ会員証って言ってたぞ！」

そう。僕も気になっていた。西田は「会員証を渡さなかったから」と言っていた。あいつも探しているのか。とにかく塚本先生のところに急いだほうがいい。でも、エレベーターが上がってこない。おそらく西田が1階で止めている。僕たちは非常階段を使わせてもらって1階に降りた。案の定、ゴミ箱が挟まれてエレベーターの開閉ができないようになっている。くそ！と声を上げてゴミ箱を蹴り飛ばす。銀座グリーンクリニックは銀座一丁目にある。歩いたら同じ銀座でも10分以上はかかるだろう。ここからだとタクシーか、走るか迷う距離だ。とりあえず、コリドー街から晴海通りまで走る。晴海通りが軽く渋滞しているのがわかった。笠井さんが息を切らしながら叫ぶ。

「走ろう！　こっちだー！」

晴海通りを渡って、銀座中央通りに並行して並木通りを走る。コーチやら、カルティエやらハイブランドの路面店が並ぶ一等地だ。何事かという視線を感じる。ここは優雅に銀ブラするための場所だ。でもかまっていられない。LOFTを通り過ぎたくらいで息が上がりはじめた。でも、笠井さんはぐんぐん走る。なんでこんな元気なの？　意地になって僕もついていく。佐々木もヒーヒー言いながらついてくる。右折して銀座中央通りを渡って、雑居ビルを抜けて目的地についた。

エレベーターに乗る。全員でハーハーと息を切らす。膝に手をつく。5月らしい温かい程度の陽気だったが汗が首元と襟足をつたって床に落ちた。エレベーターが開くと、休診と書かれたプレートが受付に出ていた。笠井さんはかまわず中に入る。

「大丈夫ですか！　塚本先生！」

奥から初台のたんどーるで会ったシナモン中村が駆け寄ってきた。

「あー！　皆様！　どこかでお聞きになったんですか？　今は塚本は安静にしてます。びっくりしましたけど今のところ大丈夫です」

3人で胸を撫で下ろした。笠井さんがさっきの出来事を説明する。

「大丈夫なんですね、良かった。さっき、偶然、西田にあったんですよ。いや、西田だったんだよな……もう別人でした。それで、塚本先生に危害を加えて病院を抜けてきたって言うんで、急いで来たんですよ。大事にいたってなくて安心しました」

「西田さんは私がお昼休憩に行ってる間に逃げ出したみたいなんです。最近、病状が悪化というか、元気にはなってはいるんですが、極端な性格に変わってしまって……辛さの刺激に中毒症状を持つようになったので、その治療中だったんです」

「そこからは、私が話そう」

奥の個室からそう声がすると、塚本院長が壁伝いによろよろと現れた。同時に硫黄のような匂いが漂う。

「先生！　いけませんわ！　まだ横になっていないと！」

「なに、たいしたことじゃない。アサフェティダを思いっきり鼻から吸わされただけさ。もっともその勢いで思いっきり転んだけどね。いたたた。西田さんにはやられたよ。そのあとにサランラップでぐるぐる巻きにされたんだ。まいった、まいった」

硫黄臭っぽい原因がわかった。塚本院長が近づくに連れ匂いの輪郭がはっきりする。強烈に臭い。本当に臭い。変なあだ名がつきそうなレベルで臭い。

「西田さんの治療は途中まで順調だった。彼の症状にはカプサイシンが有効だということがわかってね。カプサイシンはナス科の、つまり唐辛子に多く含まれる辛味成分だ。少しずつ投与したら、顕著に容態が良くなった。辛さの成分というのは医療としては有効なんだ。カプサイシンとは違うが、同じ辛さの成分であるレシニフェラトキシンは鎮痛剤として開発が進んでいるからね。まあ、詳しい話はいい。問題はその後に起きた。

自分でも良くなっていく自覚があったんだろう。私達が見ていないところで、ハバネロ、ジョロキアと、とにかくさらに刺激の強い唐辛子類を大量に食べるようになっていたんだ。最初は異常なタイミングで笑うようになった。話の途中とかね。そこから、だんだんと髪の色が赤くなり、攻撃的な性格になり、これはおかしいと強制的に入院させて、ようやく過剰摂取が判明したわけだ。しかし、このざまだよ」

笠井さんが、アサフェティダの匂いが入ってこないように鼻で息をせず話す。

「イヤ、センセイガ、ゴブジデ、ナニヨリデス」

「ん？　何それ？　ユーミン？　まあ、いい。そうですね。連れ戻さないと。ただ、そんなに簡単にはいかないでしょう。彼は以前のような人間でなく、非常に攻撃的だし判断力みたいなものがズバ抜けて高くなったんです。でも、ひとつ行き先に心当たりがあります」

塚本先生は髪の毛にかかったアサフェティダを払いながら続ける。

「私を襲ったのは、ここを抜け出すためだが、実はもう一つの目的があって、それはデリー新宿ミッドタウン店の『カシミールカレー特上』を食べることだ。彼は簡単には食べられないと知った上で、非常に強くあのカレーを欲している。だから、あれを食べる為に必要な会員証を私から強奪しようと考えた。しかし、私の会員証は、たまたま家の金庫に入れておいたもんで難を逃れた。おそらく彼は会員証が欲しくて田中社長に会いに行くと思うんです。デリーの店舗か、デリーのオフィスか。みなさんは西田さんとどこで会ったんですか？」

西田は去り際に、塚本が会員証を渡さなかった、と言っていたが、やはり狙いはそれだった。

「塚本先生、すごい偶然というか……実は西田と会ったのはデリーの銀座店です。しかも、僕達も会員証を発行してもらいに銀座デリーに行って、田中社長に会おうとしたんですよ。新宿ミッドタウン店に行ったんですけどお店に入れなくて」

「それは偶然ではないかもしれません。西田さんとあなた達がカレーの力によって引き合わされている可能性があります。特に竹中さんですね。あなたは和ッサムで変化し、カレーに選ばれていますから」

「僕が引き合わせているんですか？」

「前にも言いましたが、こういうことが〝カレーに呼ばれる〟ということです」

そんなこと言われたら、もうこれ受け身以外ないじゃん、と思うと同時に、カレーに関わるとは、こういうものなんだという理解の方が勝ってきた。笠井さんが、カレーの引き合わせをスルーして、別の疑問を尋ねる。

「しかし、なぜ西田も『カシミールカレー特上』をそんなに欲しているんですか？　存在を知っているのも不思議だ」

「これは半分は僕の責任なんですよ。彼はさっきも言いましたが激辛依存症になりました。そんな彼にとって辛さだけでなく、旨さまで兼ね備えたデリーのカシミールカレーは神の食べ物だった。しかし、たまたま僕が新宿ミッドタウン店からカシミールカレー特上をテイクアウトしたことで、会員証含め、その存在を知ってしまったんです。あれよりも、さらに上が有るのかと。彼の頭の中は特上でいっぱいだ。それで西田くんはどうしたんですか？　田中社長とは会えたんですか？」

「田中社長はいなくて、西田には逃げられてしまったんです。逃げるときに西田は、塚本先生が会員証を渡さなかったから、田中社長が危なくなったぞ、と言ってました」

「いかん。こうしちゃいられない。田中社長に知らせないと危険だ」

「オー！　ドウシマショウカネ？」

「笠井さん！　もう普通にしゃべって！　臭いの我慢しろー！」

塚本先生はくんくんと自分のシャツを嗅いで、まだ臭い？　とシナモン中村に聞く。シナモン中村は困ったように、少し、と返答した。塚本先生が、とれないもんだね〜って小声でぼやく。

佐々木が、説明しろ、と言わんばかりに入ってくる。

「あの、その西田くんってのを見つけたとして、どうやって捕まえるんですか？　そして、そろそろ誰か俺に全貌を教えて。マジで何が起きているのかわからん」

笠井さんが簡単に西田がなぜここに入院しているのか、などの経緯を話した。僕への気遣いか、何人かの上司のパワハラが要因で、という言い方に変えてはいたけど。塚本先生が西田の確保について続ける。

「今回は患者の保護になります。警察や医療機関に応援をお願いすることになるかもしれませんが、今の彼には弱点があることを知っておいて下さい。彼の嗅覚は治療するにつれて非常に敏感になってきている。今や野生動物並みと言っていい。しかも辛いスパイスを嗅ぎ分けるために発達していて、刺激臭というものにも耐性を持っている。非常に特殊な嗅覚を持つようになったんだ。だが、この嗅覚は諸刃の剣だ。化学的につくられた私達が〝いい匂い〟と思うものには、めっぽう弱いことがわかっている。特に制汗剤の香りは彼にとって大敵で、デオドラントスプレーの匂いなんかを嗅いだ日には全く動けなくなる」

「高校生が天敵みたいな情けない弱点ですね！　捕まえて、デオドラントスプレーをぶっかけてやればいいんだ！」

佐々木は、たまに本当にひどいことを言う。と、ここで塚本院長が訝しげな顔になった。佐々木のことをじっと見ている。

「君、どこかで会ってるよね？」

「え？　いやー、初めてお会いしたかと思いますけど……ここに来るのも初めてですし」

「んー？　そうか、まあいい、それより急いで田中さんに電話しよう」

塚本院長がスマートフォンで電話をかける。僕たちにも会話が聞こえるようにオープンスピーカーだった。電話はすぐにつながって焦った声の男性がでた。

「塚本先生！　大丈夫⁉　電話しようと思っていたところだよー！　今、銀座店から連絡があってね。あれ、おたくの患者さんなんでしょ？　塚本先生にひどいことしたって言ってたのをまさに聞いてたところですよ？」

「面目ない。そのとおりです。うちから抜け出してしまって。田中さんは今どこですか？」

「今日は店舗を回ってまして、さっきまで銀座にいたんですが、今は六本木にあるミッドタウン店に向かっています。もうすぐ着くけど」

まだ西田は接触していなかった。

「良かった。そのままお店に立ち寄らず、どこかで待っててもらえませんか？　本当に申し訳ないのですが、うちの患者の名前は西田と言います。その患者が実は田中さんが発行する新宿ミッドタウン店の会員証を狙ってるんですよ。大袈裟じゃなく、お店で待ち伏せしているかもしれない。危険です。こちらには協力者もいるので我々が行くまでどこかで待機していてもらえませんか？」

事態が飲み込めない、というような意味が重なる小さな唸り声がスピーカーから漏れた。数秒の時間が経って反応があった。

「わかりました。六本木のミッドタウン、ややこしいけど東京ミッドタウンですね。その地上一角に派出所があります。そこで待ち合わせましょう。警察の前なら何もしてこないでしょう」

僕達は、晴海通りに出て、タクシーを捕まえると虎ノ門方面を抜けて六本木にあるミッドタウンに向かった。また個人タクシーで佐々木がムッとしている。

今日は快晴の予報だったが、しばらくすると雨雲が視界を陰らせた。今年も降雨量はまた更新されるのだろうか。スマホを除くと、大学の同期が天気予報を見て洗濯したのに散々だ、とTwitterで悲報を上げている。

到着するころには、大粒の雨がアスファルトに染みをつけはじめていた。東京ミッドタウンは美術館と小さな公園が併設されていて、湿った空気がゆっくりと土の匂いを運んでくる。

派出所の前にはチェック柄のジャケットを着てメガネをかけた初老の男性が一人。派手さはないが老練な経営者に見える。おおよそカレー屋の様相ではなかったが、それが田中社長だった。塚本先生が歩み寄る。

「田中さん、この度は本当にご迷惑をおかけしました。うちの患者が申し訳ないです」

「いやー、あなたが謝ることは無いですよ。塚本さんも最難だったね。それでどういう状況なの？　そちらの方々は？」

田中社長の視線が僕達に注がれる。なんとなくバツが悪い気がして軽く会釈する。

「さっき電話でも言いましたが、逃亡中の患者西田さんの同僚の方々です。今回たまたま銀座店の騒動の時に現場にいたんですよ、それで捜索に協力してもらっているんです」

「たまたま？　その西田さんって人に呼び出されたんじゃなくてですか？」

説明が必要だ、とばかりに笠井さんが代表者のように前に出る。

「はじめまして、笠井と言います。実は我々も田中さんにお会いしたくて銀座店に伺ったんですよ。デリー新宿ミッドタウン店に入店するには会員証が必要だと知りまして、その発行を認めていただきたく参じました。ですが、そこになぜか西田がいたという次第です」

「なるほど。そうですか。あなたがた、新宿ミッドタウンには入れたんですね。ということは素養がもうあるということか」

田中社長がそう言ってから、塚本先生が僕達に身体を向き直した。

「会員証の話をしていませんでしたね。私からお話しましょう。田中社長には『調和』という力があります。それはどういうものかというと、混ざるという行為の未来を嗅ぎ分ける力です」

混ざる未来？　どういうことですか？　と僕よりも先に笠井さんが反応すると田中社長がうつむきながら口を開いた。

「最初はカレーを作る上でね、スパイスの配合でどういう結果になるか、どういう味や効果が生まれるかというのが、急にストンと具体的にイメージできるようになっていったんですよ。それがだんだんと手を動かすよりも前に、香りを嗅ぐだけで反射的にはわかるようになってね。それからですね。素材の匂いで、どうやって調理したらベストの美味しさになるかが、わかるようになったんです。同じ鶏肉でも野菜でも産地や生産者で香りが違うんです。香りの調和が大事なんですよ。これがわかってからは外さなくなったなぁー」

田中社長はここで上を向く。そこで僕達はぎょっとした。田中社長の目が完全に白目になっている。そのまま僕達の方を向いて話を続ける。

「私、この力に集中すると白目になっちゃうんです。ごめんなさいね。五十を超えたあたりから生き物全般、つまり人間にもそれぞれ特有の香りを感じるようになりました。といっても人間を食べるんじゃないですよ。相性がわかるんです。この香りの人間とこの香りの人間が調和したら素晴らしいことがおきるなと、そういうことがわかる。だから、私はつなぎ役にもなるべきだと思った。人と人が混ざり合う、その未来がわかるんですから。だから会員証は、私達や既存会員と混ざったら善いことがおきると予知できる人にだけ発行してるんです」

ここで田中社長が突然歩き出した。慌てて僕等も後を追う。僕等は護衛にならなきゃいけないのだが、ぞろぞろと付いていく形になった。

「行きましょう。店が心配だ」

ミッドタウンの1階を通るよりも近いのか、地下通路の入り口に向かう。六本木のミッドタウン店は地下1階にあり、そこは食品店街とイートインが混ざったような空間にある。

店内には4名客がいた。特に変わった様子はない。田中社長はスタッフに変な客がこなかったかすぐに聞いたが、特段変わったことは無いようだ。

当たり前だが、ここはバイクや車で乗り付けられないので、何か騒いだとしても逃げづらい。この立地なら必ず徒歩で地下道を通って店舗に入らなければならないのだ。さらにこの食品街の中でもデリーは大きい通路に面した路面店になっている。その通路でもちょうど中間くらいに位置しているので見晴らしがいい。もし、ここに西田が現れるのなら捕まえるのが容易に思えた。佐々木も同じことを考えていたようで、

「ここには来ないんじゃないかな？　こんなところに赤い髪のパジャマ野郎が来たら一発でわかるよ。そんなバカじゃないだろう。それに田中さんから会員証を奪うって言ってもさ。もう店には来ないんじゃないか？　銀座店で大暴れしたわけだから、警戒されているって気づくと思うんだよね。まあ狂人の考えることはわからんけど」

　そんな気もするなーと笠井さんが横で頷く。田中社長と塚本院長は、一通りスタッフに確認と指示を終えると店頭を正面に捉える位置に移動して話し合っていた。さっきの佐々木の考えは正しい気がする。それを共有しようと塚本院長に近づくと同じことを考えていた。

「今日は帰りましょう。こんなに目立つところには来ないね。病院から逃げた格好でウロウロするとは思えないし。田中さんも一人では行動せず、基本的には会社の誰かと一緒に移動するそうだから」

　矢継ぎ早に田中社長が続ける。

「警察にも相談できるってことなんで、すぐ見つかるでしょう。とりあえず今日は解散だ」

僕は、ぐるりとまわりを見渡す。普段よりも人通りは少ないし、やはりその判断は正しそうだ。

「そうですよね。僕等もここなら、むしろ捕まえやすいのにって話していたくらいです」

「本当にここに現れたなら一網打尽だったよねぇ。でも、実はこの店は閉めるんですよ。コロナの影響で、やっぱりこの場所に残しておくのは難しいと判断したんです。どうしてもリモートワークやらでオフィス街は厳しいですからね。たぶん、ワクチン打つまでは、また感染者が増えるだろうから」

想像もしていなかった返答に言葉がない。あのデリーでさえも店を閉めるのか。改めて飲食店の窮状を思い知った。かなりしんみりした空気だったが、まさかのタイミングで笠井さんが突っ込む。

「あの、こんな時に大変言いづらくもあるのですがいいですか？　僕等、さきほどもお話しました通り、どうしても新宿ミッドタウン店でカシミールカレーの極上を食べてみたいんです！　会員証をいただくことは叶いませんか？」

田中社長の表情が温和になり、ジャケットの裏から何かを取り出した。サイズはキャッシュカードと同じくらいのマット加工が施された黄色いカードだった。硬質な素材を使っているが金属かどうかはわからない。縁取りは赤く、六芒星が描かれたデザインの中に御朱印帳に使うような文字で「咖喱調和」と書いてある。他にもヒンディ語らしい文字がいくつか書かれていた。思わず、これがー！　と興奮して声が上がる。

「残念ながらお渡しできません。あなた方と混ざった未来には、少し暗いイメージがついています。もちろんこれからあなた達の色が変化する可能性がありますので、まだわかりませんが。しかし、それよりもー」

田中社長が佐々木を見る。

「あなただけはカレー力が異常に高いようにお見受けします。でも、なんか変ですね？カレー力を隠しているみたいな感じだ。そんな色味をしている。暗さもそこにありそうだ。」

佐々木は困った笑顔で、ある意味また選ばれたのかな？と言い、首を傾けながら、よくわかりません、と声を落とした。

笠井さんは、どうしてもダメです⁉　ギリギリセーフにしてくれません？と食い下がったが、全部笑顔でいなされる。その後の笠井さんの落胆は凄かった。

残念だがしょうがない。その後、時間を取り戻すように六本木店で通常のカシミールカレーを食べる。笠井さんは2杯食べた。執着が胃袋に現れるタイプは長生きしそうだなと思う。デリーを出てからは、そのまま六本木の街を飲み歩いた。誰かが注いでくれた生ビールを飲むのが随分久しぶりで妙に感動する。22時閉店ギリギリまで粘って飲んで、電車は動いていたがタクシーで帰った。どうしても飲んでタクシーで帰るというのを思い出したかったのだ。もう雨は止んでいて、窓を開けて手を出し風を受け止めていると、お客さん危ないよ、と運転手に怒られた。

あれから二週間が経ったが、西田の消息はいまだ掴めていない。佐々木まで巻き込んだ塚本先生を含む4人のチャットグループでは毎日情報交換が行われたが、家には帰っていなかったし、そのせいで警察の捜査も難航しているということだけしかわからなかった。塚本先生によると田中社長のまわりも変わったことは無いようだ。田中社長は年齢のわりにはインターネットに明るく、毎日ブログを更新している。その日々の投稿を見る限りは特段変わった様子はない。

だが、事件は唐突にやってきた。笠井さんから電話が鳴る。リモートミーティング中だったので一度保留にしたが、また掛けてくる。何事かとチャットすると「Twitter見ろ！テレビでもいくつかやってる！」とレスポンスがあった。

何か起きている？　時間は午前11時半。顔を出すだけでいいような営業会議だったので、しれっとTwitterを開ける。トレンドキーワードに「デリー新宿」とあり、え？となったところに佐々木からも「デリーが！」とURLつきのチャットが飛んでくる。

ＵＲＬのリンク先に飛ぶと、新宿アルタ前に横付けされた大きいトラック広告の画像がびっしりと並ぶTwitterのまとめサイトだった。大型トラックの側面を使って、移動しながら音声付きの広告宣伝を行う手法を宣伝トラックとか、アドトラックと言う。新宿や、渋谷を歩いていたら一度は見たことがあるだろう。企業のキャンペーンはもちろん、映画・コンサートのエンタメ系から、ホスト、キャバクラの求人まで用途が多彩な広告なのだが、ここにデリーが広告出稿したらしい。

しかし、ひと目でこれが問題なのはわかった。側面にはドット絵風の田中社長の写真が描かれていて、そこから大きな吹き出しが出ている。その表記が明らかにおかしい。

「デリーの新宿ミッドタウン店を探せ！　抽選で賞金１００万円」

人選するために会員証まで作っているデリーがこんな広告を出すはずがない。そもそも新宿ミッドタウンはカレー力の高い人間か、その同行者しか入れない。単純に一般人では入れないのだ。広告出稿する意味がない。動画投稿を再生すると「デリー♪デリー♪カシミールは別腹ぁ〜♪カシミールは別腹ぁ〜♪１００万円当たるよ〜♪」という無限ループが流れていた。

これは明らかに意図がある。新宿ミッドタウンの存在を知っているが、場所を把握できないでいる者。そいつがデリーに嫌がらせをしながら、その場所を探しだそうとしている。西田しかいない。

さらに、まとめサイトをスクロールすると、広告の内容よりもこの宣伝トラックが移動しないことで問題になっているのがわかった。新宿アルタ前に堂々と駐車するカレー屋の街宣車、と書き込みがされている。警察も来ているがその街宣車には運転手はおらず鍵もついていないので動かすにも動かせない状況らしい。よくこんな手の込んだことを考えたものだ。

デリーの公式Twitterアカウントでは、関与を否定していて事実確認を調査中。場合によっては警察に被害届を提出すると投稿していた。当然だ。こんな理不尽な広告はない。

竹中さん、と話かけられて、今がリモートミーティング中だったことを思い出す。ちょっと他案件トラブルで、申し訳ないが終わったら議事録だけ送って下さい、と断りを入れて退出し塚本先生に電話した。ワンコールで出る。

「塚本先生、見ました？　新宿でデリーが大変なことになっています！」

「さっき笠井さんからも連絡が来ました。田中さんにも連絡したら、今現場に向かっているそうだ。これは西田さんでしょうね。しかし、すごいな、発想が」

ええ、と相槌のように返しながら、もう一度まとめサイトをスクロールする。ここで、ふと、何かに騙されている気がした。わかりやすいひっかけ問題に二重のトラップが仕掛けられているような。一つ目の罠がむしろ餌で、そこを踏まないようにしていると二つ目の罠に引っ掛かる、そこまでを朧げに予知するような危機感が僕の中で動いた。考える。

広告の意味は無いとして、このキャンペーンの中身もおかしいのではないか？　抽選で賞金１００万円って書いてあるが、どうやったら１００万円もらえるかは書いてない。適当にＳＮＳでアップした人間から抽選ということだろうか。

「塚本先生、なんかおかしくないですか？　本気で新宿ミッドタウンを探しているならもっと違うやりかたがあるような気がしません？　というか、これ、参加の仕方がわからないんですよね」

「そこは私も気になっていました。デリーへの中傷かとも思ったんですが、別にデリーを悪く言っているわけじゃないんですよね」

やはり、おかしい。まとめサイトをリロードすると、ちょうど動画が追加されたところだった。田中社長が宣伝トラックの前で警察と話し込んでいる。嫌な予感がした。塚本院長に気になる動画を見つけたので一度切ると伝え、電話を切る。

デリーの広告から新宿通りを挟んだ向かい側に人だかりができていた。新宿東口から流れてきた人の足がそこで止まる。警察の到着によって、さらに野次馬が増えているようだった。

厳しい口調で「私達は何も知らない、困っているのはこっちの方ですよ」と説明している声が画面越しからも聞こえてきた。すると画面の端から初老の男が、宣伝トラックに近づいて来て田中社長を呼び止めた。男はひどく猫背で線が細い。３ピースのスーツで身なりは良いが、なぜか銀色の手袋をしていて、そこだけがやけに目立った。田中社長は警察との会話に必死で男の声に気づかない。痺れを切らした猫背の男は、今度は手を叩いて、広告面を指差しながら大きな声を上げる。

「田中社長、ちょっと！　大変です！　このメッセージ見て！　早く！」

田中社長は、最初、あなた誰でしたっけ？というような顔だったが、トレーラー側面にメッセージが残っているというので近づいていく。

男が後ろを向いた、その時――

ガコン！と大きな音を立ててトラックのコンテナ部分が開きだした。ゆっくりと開くイメージだが、そのスピードは思っていたよりも速い。あっという間に全開になる。中には赤髪で、目元を横一文字に真っ黒に染めた男が1人。黄色の口紅と黄色のタキシードに赤いネクタイをしている。その両脇にパンダの仮面を被った黒ずくめの男が二人が並ぶ。その三人の背後には黒いミニバンが1台があって、ここだけ切り取れば、さしずめメーカーの奇抜な新車発表会のように見えた。赤髪は西田だった。赤髪に合わせたであろう赤いネクタイには「福神漬」と漢字で刺繍が縫ってある。黒いミニバンは、よく見るとオリンピックに向けて作られたトヨタのジャパンタクシーで、今や東京中を走り回っている車種だった。気づくと先程の猫背だが身なりのいい老人もパンダのマスクをしていて、ナイフを持ちながら壇上に登るように田中社長を誘導していった。西田は満足そうにマイクを取り、声を上げる。犯行声明だった。

「お集まりいただきました皆様！　愛してますよー！　さて、本日、私は、熱狂的なカレーファンとして誘拐事件を起こすことにしました！　カレーを手に入れるよりも、カレーを作れるやつを手に入れた方が早い！　圧倒的コスパ！　カカカ！　１００万円は気が向いたらお支払いします！　カカカ！」

　変な話だが西田が頼もしく見えた。自信に溢れている。一緒に仕事をしていた頃の西田からは想像もできない。アルタ側にも通りを挟んだ道沿いにもいよいよ溢れんばかりの人だかりになった。殆どの人がスマートフォンを向けている。人間は何が起きているかわからないということに出会うと記録するようになったのだ。西田は注目の的だったが、臆することもなく、ゆっくりとマイクを投げ捨てミニバンの助手席に座る。初老の男は、タクシー運転手のジャケットと帽子をかぶり運転席に乗り込む。他の二人は田中社長を中央に押し込むように後部座席に埋めた。ミニバンはコンテナの上からタラップを伝ってゆっくりと道路に侵入すると、停止させようと近づく警察を押し退けて新宿通りから青梅街道方面に一気に走り去った。ナンバープレートにはシールが貼ってある。逃走中にどこかで止まって、剥がすのだろう。逃走車がタクシーとなると見つけるのは難しく思えた。

　すぐさま、塚本先生に掛け直す。コールしている間に動画のＵＲＬをチャットに貼り付ける。３回目のコールで出た。

「塚本先生、田中社長が西田に誘拐されました！　動画見ましたか⁉　動画のURL送ったんで見て下さい」

「動画は見ていないが確認しています。画像がすごい拡散されてますね」

ここでまとめサイトをリロードすると、あっという間に西田の画像や誘拐された田中社長の画像が広まっていた。中には西田の犯行に見事！とか豪快で頭いい！とか、賛美の内容もあり、驚くことにその数は少なくなかった。塚本院長は落ち着いたトーンで言った。

「竹中さん、笠井さんと佐々木さんと一緒に新宿ミッドタウンに来て下さい。大至急です」

集合場所は前回と同じ伊勢丹の地下入り口。ホームで偶然にも笠井さんと遭遇した。困ったことになったな、と話しながら階段を上がる。会社では犯人がまだ西田だとは気づかれてなかった。あの赤髪にあのメイクだから当然と言えば、当然だが、露見するのは時間の問題だろう。

佐々木はまだ来ていなかった。記憶の中では、佐々木より先に到着したのは今日が初めてだ。本当に佐々木にとってはいい迷惑だと思う。今や会社も違うし、カレーが好きなわけでもない。しかし、なぜか、佐々木がいないと新宿ミッドタウンには入れないのだ。塚本先生は試すように、自力で入ってきて下さい、とか言うのでしょうがなく佐々木を待つ。10分くらい経って、到着。巻き込まれたことに怒っててもいいところだけど、息を切らしながら、わりー、会社で都合つけるのに手間取っちゃって、みたいなことを言う。乗りかかった船だ感がすごい。聖人だ。思わず佐々木の目を覗き込んでしまう。

新宿ミッドタウンの入り口に向かうと、やはり壁だった。というか、やはりここだったたっけ？くらい自信が持てないほど、ただの地下通路の壁だ。通り過ぎたかと引き返そうとしたら、左側の壁面がズーン!!!っと10メートルくらいスライドして開く。わわわー！とまた大きい声を出してしまう。デリーの支配人が、2回目は自動ドアみたいに、とか言ってたけど、こんな豪快な自動ドアは見たことない。

僕がビビって腰を抜かしている様子を見て、通路を歩いていた同い年くらいのジーンズの女性がキャ！と言って怪訝な顔を僕に向ける。ここで気づいた。この壁が動いたのが見えてない。門が普通の人には開いても見えないように機能しているのだ。だから、壁より僕の方を見る。

笠井さんも同じことに気づいた。

「今、この入口、俺たちにしか見えてないな……すげえ……俺が最初に来たときは、こんな感じで最初から開いてたんだけどな」

佐々木が手を取って、大丈夫か？と起こしてくれる。ちょっと恥ずかしい、と、佐々木の様子がおかしい。自分の手を見つめながら意味深な事を言う。

「今、カレー力がわかった気がした。俺の力に、ちょっと竹中の力も加わった気がしたんだ。その感触があってから扉が開いた」

へ？となったが、ここで色々確認している時間はない。僕等は急いで5階に向かった。デリー新宿ミッドタウン店は少し暗めの調光だったはずだが、照明は全開になっていて、店内はやたら明るい。やはり営業はしていなかった。制服を着ているわけではないが、従業員であるだろう10名くらいが集まっている。中央には支配人と塚本先生がいた。

笠井さんが到着を伝える。

「すみません、遅れました。ちょっと入り口でびっくりしちゃって」

支配人との会話をやめて、塚本先生が僕等を見上げる。

「入ってこれましたね。良かった。入って来れないようじゃ意味がないことを今からしますからね。ちょっと試させてもらいました。実は早速やってもらいたいことがあるんです」

こちらに、と支配人からテーブルに来るように催促されて席に座ると、塚本先生が僕達の前に立ち、かがみながら両手をテーブルに置く。

「手短にお話しします。笠井さん、竹中さん、佐々木さん、これからカシミールの特上を食べてもらいます。それで、西田さんの居所がわかるかもしれません」

笠井さんが反応する。

「どういうことですか？」

「西田さんはこのカレーを強烈に求めています。そして、時を同じくしてあなた達もこのカレーを求めて今回の事件に巻き込まれた。これは、カレーに呼ばれているということです。それはスパイスの共感覚がつながっていることを指します。科学的な説明が難しい段階なのですが、簡単に言うと、非因果ではあるが引き合ってるということだ。だから、西田さんより、先にこのカレーを食べて、あなた達が〝開いた状態〟になれば、西田さんの思考につながることができるかもしれない」

全く理解に近づけない。間髪入れず、今度は僕が先回りして説明を求める。

「まず〝開いた状態〟ってなんですか？　そこがわからないと、めちゃくちゃ怖い実験に聞こえるんですが……」

「失礼。〝開いた状態〟とは、スパイスの効果で発汗や高揚のプロセスを経て瞑想状態に入ることを言います。それをより高度な段階にもっていくと、スパイス共感覚がつながっている者同士はシンクロ状態になることがある」

そう言うと塚本院長は小さなビニール袋からカプセルを3錠取り出し、白い陶器の小皿の中に転がした。

「これを飲んでからカレーを食べて下さい。あや

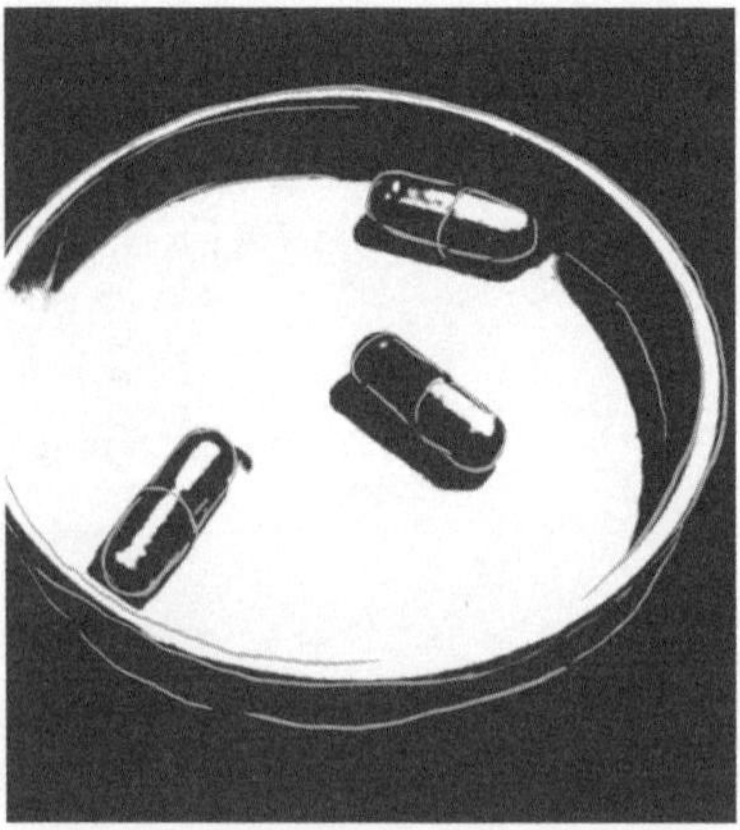

しいものではないです。私が開発した〝開いた状態〟にもっていく薬だ。さっき言った高度な段階に到達できる」

あやしさしかない。絶対飲みたくない。最初から怖いもの見たさで付き合った僕が間違っていた。西田が凶暴化した要因という意味では確かに僕は加害者側の人間になるが、だからと言って、こんな危険な薬を飲んでまで、と、横を見ると目が血走った笠井さんがすでに1錠を手に取っている。叫びだす直前だった。

「竹中！　俺も飲むから、おまえも飲めぇー！　うおおー！」

「また、このパターーーンー!!!」

勢いに押されて、僕まで1錠飲み込んでしまう。と同時に背後からカレーの気配がした。振り向くとコックコートにキャップを被った異国の店員さんが立っている。笑顔と共に眼前に置かれたカレーは黒く深い。光の反射で黒曜石のような輝きを放つ。これが、〝カシミールカレーの特上〟か。

「笠井さん、なんとなくですけど、いつものカシミールカレーより黒さを感じませんか？」

「そうだなぁ。それによく見ると紅色の粒子も混ざっているよ、ブラックホールのような美しさだ。カレーは銀河。宇宙だな」

流す。そこまでポエミーなのはいらない。奥を見やると佐々木がカレーの前で静止している。そうだ、佐々木がいた。可能な限り付き合ってもらいたいが、無理矢理は絶対によくない。

「佐々木、謎の儀式みたいになっちゃって申し訳ない。カレーにはまると、なんというかなー、たまにこういうイベントごとが発生するんだ。佐々木はその薬はもちろん、カレーも無理して食べなくてもいいからな。それと、これから僕と笠井さんは、ちょこっと意識が遠のくことになりそうだけど、これまた気にしなくていいから」

佐々木は微動だにせず、カレーを見つめたまま口を開く。

「いや、最初は君等の会話はどうなってんのよ、と思ったけどさ。今、このカレーの香りを嗅いでからさ、デジャブみたいになってるんだ、実は。このカレーを知ってる気がする。とにかく俺もこのカレー食べるよ」

デジャブ？　どういうことだろう。もしかして、佐々木のカレー力の高さにつながる何かがそうさせているのか。「佐々木……」と言いかけた瞬間、眼前の黒いカレーから目が離せなくなった。さっき飲んだ薬の効果だろう。

抗うように目を瞑るが、その意思とは無関係かのように鼻腔は全開になって香りを吸い込む。同時にむせても構わないとさえ思考が切り替わる。僕はスパイスに抗えない。シャープなスパイスの香りがまず鼻に抜ける。クミンやクローブが混ざっている。これは香りの入り口。その後、カルダモンの爽やかさの深度に達する。

すると、遠くから祭りの掛け声のような歓声が聞こえだした。なんて言っているんだろう？ ぃぇんま？と聞こえる。だんだん声が大きくなる。声が急に近づく。そして、なんと言っているかがわかった。

「閻魔さま！ 閻魔さま！ さぁー！ さぁー！ さぁー！ 閻魔さま！ 閻魔さま！」

驚いて目を開けると、いつの間にか紅蓮が取り囲む焦土に立っている。強烈な暑さ。熱気。あたりを見回すと、サングラスをかけた鬼達が阿波踊りをして、こちらに向かってくるではないか。閻魔さまー！と叫びながら太鼓を叩き、阿波踊り特有の腰の低さを保ちつつ近づいてくる。逃げようにも背後は炎が激しくこれ以上は下がれない。このまま鬼に襲われるか、業火に焼き尽くされるか。

いよいよ鬼の表情まで捉えられる距離となり、僕は意を決して鬼の群れに飛び込もうとする、が、変だ。様子がおかしい。よく見ると鬼の群衆の中に口パクで何かを伝えようとしている鬼がいる。た、べ、ろ？ どうやら食べろと言っているようだ。スプーンで食べるジェスチャーを返すと、その鬼は微笑んだ。すると、いつの間に目の前にはカシミールカレー特上が。スプーンで一匙をすくう。ルーはしゃばしゃばだ。自分の好みは、しゃばしゃばだと再認識してすする。すると、どうだろう。すぅーと、汗がひく。まわりが静かになっていく。そして、急に何も無かったかのように暑さを感じなくなった。身体の中が晴れていくようだ。背後にあった炎を思いっきって掴んでみる。まったく熱くない。

振り返ると鬼達が拍手をしている。みんな鬼とは思えないほどのスマイルをみせる。ブラボーという声も聞こえる。すごく祝福されている。その賛美の渦からアメリカのプロレスラーみたいな金髪の太マッチョ鬼が陽気に近づいてくる。顔を近づけ、僕の耳元で囁いた。

「ソロソロ、クルヨ」

同時に僕の胃袋から強烈な閃光が放たれた。それは食道を抜け、口腔を抜け、口から鼻から目から耳から鋭い輝きを放って飛び出した。凄まじいほどの光量。僕は光の柱のようになっている。轟音が聞こえる。この時になって、初めてわかった。僕は今、辛さを感じている。この光源はカレーの辛さ。辛さとは炎で表現するものだ。しかし、これは炎では表現しきれない。光の速さ。光の辛さ。ぐおおおー！と声が出る。美味いけど、辛い！辛いけど、美味い！　ああーー！

頭がごちゃごちゃになる。いろんなことを忘れていく。いつのまにか僕は自分の口から出る光の放射方向にロケットのように飛ばされて宇宙空間に出る。彼方まで飛ばされ続ける。上に向かっているのか、下に落ちているのか、わからない。突然、大きな弾力のある壁に身体が受け止められる。それは手だった。閻魔大王の手のひらだった。お釈迦様じゃないの？　唖然としていると、すぐに閻魔大王の問答が始まって、僕は可能な限りの即答に努めた。

「辛いか？」「はい」「美味いか？」「はい」「どっちだ？」「どっちもです！」

「どっちもってなんだ？」「辛くて美味しいです！」

「辛いのに美味いのか？」「はい！」

「開いてるぅー。よし、目を瞑れ。Close your eyes」

ひらいてる？　成功したのか？　とにかく、目を閉じる。不安になる。でも、なるようにしかならない。目を閉じてジッとしてると閻魔大王にお腹を触られる。ビクッとなる。ヒッ！と言うと、まだ目を開けちゃダメだぞ〜っとまたお腹を触られる。これを何回か繰り返す。何、このイチャイチャ。さすがにやめてよって言おうとした5回目くらいに、もういいよー、と声が降ってくる。が、その声は閻魔大王じゃない。聞いたことがある声、西田、西田の声だった。目を開ける。すると、僕は喫茶店にいた。純喫茶という風体ではなく、ごくありふれたカフェとも言えるような喫茶店。路面店で十分な光量が入る大きな窓が僕から向かって右にある。そのレースカーテンの影模様が向かいに座る西田の左頬にかかっていた。髪は赤くない。思い出した。これはどこかの商談前に時間潰しに入ったことがある店だ。その時に西田も同行したのだった。

僕は何の質問もしていないのに、西田がコーヒーを啜りながら勝手しゃべりだす。

「僕ですか？　僕は休みの日に、漫画を売りに行って、そのお金でまた違う漫画をそこで買って、松屋でカレーの大盛り買って、コンビニでカラムーチョとコーラ買って家で一日中ゴロゴロしながら漫画読むのが好きなんです」

僕は、どうやら休みの日に何をしているか聞いたらしい。西田はもともと辛党だったし、カレーも好きだったんだなと思い出す。僕の意識とは別に、西田の目の前に座る僕が返答する。

「へー。まあ、そういうのも、たまにはいいな。俺もスラムダンクとか読み直したい時あるもんな。ちなみにどこの古本屋行くの？　ブックオフ？　神保町のどっか？」

こう聞いたことを思い出す。観るのが二度目の映画のように、過去の経験が降ってくる。確かに僕はこう聞いた。そして、西田から返答があった

「僕は、まんだらけに行っています。貯蔵量がもう桁違いなので、知らない漫画との出会いもあって、すごくいいですよ。中野ブロードウェイのまんだらけが、僕のユートピアです」

まんだらけ、そう、まんだらけに行くと言っていた。僕は続けて、僕の返答に耳を傾ける。

「ふーん、でもあれだな、まんだらけは利幅が何百円か知らないけど、まあ、チリツモで儲かるだろうけどさ。おまえは、そこで買った漫画をまた、そこで売ってってやってるだけだろう？　なんか生産性ないな。メルカリで高値で売ってみるとか、漫画のレビューをブログとかnoteで書いてアフィリエイトとかやってみれば？」

こう、僕は言った。これも憶えている。ただ、この後の西田の即答は過去と違った。

「生産性が無いことは悪か？」

この時、西田はこんなこと言わなかったはずだ。そうですね、みたいなことしか言わなかった。しかし、目の前の西田は続ける。

「得をしないと死ぬのか？　得とは何だ？」

面食らって答えられない。

西田は立ち上がって僕を見下ろす。

すると店員が、お客様〜っと駆け寄ってきた。

「そろそろお帰りくださいまっせ。だいたいわかったろ？」

顔を見上げると、閻魔大王だった。驚いて、わー！と大きい声を上げると、飛んできた宇宙の経路を巻き戻し映像みたいに、すごい勢いで地球に引き戻されていく。あまりのスピードに目を開けていられない。わー！と叫んでいるはずなのに声が聞こえない。音もなくなった。意識が薄れる。同時に急に倦怠感が現れて、自分の身体を確認した。目を開けるとさっきのテーブルの上でカシミールカレーの特上を食べきっている。横を見ると笠井さんがぐったりとしている。汗でびちょびちょだ。濡れたごっつい老犬がいる。

「竹中、どうだった？　俺はなんとなく、マンガってキーワードが出てきたんだが、そこまでだった……しかし、刺激的で美味かったよ……」

おじさんらしい親指を上げるサムズアップを確認してから、僕は異次元で見てきたものを反芻しながら答えた。

「たぶん……まんだらけ、だ。西田は、中野ブロードウェイのまんだらけにいると思う」

「正確には、中野ブロードウェイの4階だ」

その声の主に全員が注目する。言い放ったのは佐々木だった。

「俺にも見えた。西田くんは、中野ブロードウェイ4階のシャッター街にいる。空いてるテナントが拠点になっているみたいだ。今、総勢10名。銃なんかは持っていないが武装はしている。急ごう」

なんでそんなことまでわかるんだ。同じ中野ブロードウェイを言い当てたにしても、情報の解像度が僕と全然違う。それに……それに、雰囲気が違う。妙に落ち着いていて、さっきまでの佐々木とは思えない。手元を見ると佐々木の目の前に置かれた錠剤はそのままだった。手はつけられてない。塚本先生もその皿に目を落とす。

「君は何者だ？　薬を飲まずにカレーだけで西田さんと完璧にシンクロした。通常はありえない」

「このカレーで、ちょっと昔を思い出しただけですよ。そんなことより、急ぎましょう」

ずぶ濡れの笠井さんが勢いよく立ち上がった。

「二人とも中野ブロードウェイって言ってるんだ！　とにかく行こう！　警察にも連絡しないとな！　いやー、でも言い方難しいな！　支配人はこちらに残ってもらって、何かあったら連絡しますから！　あと何人かついてきて！　中野なら電車で行こう！　たぶん、車より近いよ！」

一同は店を出て、エスカレーターを駆け下りた。ぶつかりそうになる客に頭を下げながら急ぐ。丸の内線じゃねーぞ、ＪＲだ、と先のほうで聞こえた。

大久保を過ぎて新宿ミッドタウンのある方を総武線の窓ごしに見るが、やはり99階を誇るビルは見えなかった。飛行機とか近づいたらどうなるんだろう？ ホームに降りると曇天に湿気を感じた。6月に入り今年は梅雨らしい梅雨になるという。昨日の朝のニュースで短髪メガネのおじさん天気予報士が言っていた。

中野にはキリンの本社があり、代理店と一緒にキャンペーンの仕事で一時期頻繁に通っていたことがある。ただ、当時はカレーに目覚めてもいなかったし、昼飯なら適当にその辺の定食屋に入るくらいで直帰してた。中野ブロードウェイは秋葉原と並ぶオタク文化の中心として理解はしていたが足を運んだことはない。まんだらけが気になって電車の中で調べる。まんだらけは、今や漫画だけに留まらず、グッズやアンティーク品まで手がける大企業だ。中野ブロードウェイ内にはジャンルや取扱商品別に何店舗も展開されていて、まさにサブカルチャーの権化といったところだ。

ホームから階段を降りて、右に向かい改札を抜けると、目の前が中野サンモールの入り口となる。大きなアーケード商店街だ。この商店街の突き当たりに中野ブロードウェイがつながっている。先に歩いていた佐々木が振り向いた。

「先に行っててくれないか？ ブロードウェイの入り口でちょっと待っててくれ。必要なものを買って来る。すぐ済む」

今、行くのかよっと声をかけるころには、佐々木は走り出していた。そのまま笠井さんとデリースタッフと中野サンモールを足早に進む。どこにでもあるチェーン店から、レトロな喫茶店が混じり合う。そういえば地方の商店街にもこういうアーケードの商店街が多いことに気づいた。こちらがロールモデルで全国に拡がっていったのかもしれない。

中野ブロードウェイに着く。特段変わった様子はなく、入り口は地下の食品街に通う主婦層で慌ただしかった。10分ほど遅れて薬局のビニール袋を手にした佐々木が合流した。

「こちら側が中野ブロードウェイの南口だ。西田くんはここの4階にいる。俺と笠井さんと何人かは、北口の方から4階に上がろう。挟み撃ちにできる」

すんごいリーダーシップだが性急過ぎる。自分で武装してるって言ってたろ。

「ちょいちょい！　佐々木！　警察を呼んで待とうよ！　流石にあぶねえだろ！」

「いやグズグズしてると、また逃げられるぞ。警察が来る前にここから逃げられないような状況を作らないと。俺達で4階に行って足止めをするんだ」

そういうと佐々木は、薬局のビニール袋からデオドラントスプレーを取り出した。塚本先生に教えてもらった西田の弱点だ。1人に1本ずつ手渡した。「あぶないと思ったら躊躇なく使えよ」と言い残すと、逆側にあるブロードウェイ北口に走りだした。待ってくれよー！と笠井さんと3名のデリーの皆さんが追いかけていく。

僕と塚本先生と残されたデリーの方々は2名。しょうがない、とりあえず、4階に行くために目の前にあったエスカレーターに乗ろうとした、そのとき。不可解なことが起きた。カレーの匂いがするのだ。どこかと見渡すと、先にエスカレーターに乗った男に目を奪われた。見事な猫背の男で、両手にはカレーのテイクアウト容器がパンパンに入った袋を持っている。歳は50代くらいだろうか。スーツを着ているが変な手袋をしている。

男は猫背に加え、痩せ型の体型。どこか既視感があったが、その横顔で確信に変わる。中継で見た猫背の男だ。着ているスーツもあの時と同じ。変な手袋も銀色。誘拐の際に田中社長に声をかけた初老の男に間違いない。男はカレーの重さに耐えきれなかったのか、緩慢な動きから猫背をさらに縮めて、一度両手の袋をエスカレーターの段上に置く。そのまま上がって2階に到着しそうになると、水平な状態を保てるように再び袋を持ち上げて視界から消えた。

「塚本先生、見ました？　あの男、誘拐の時に田中社長に声をかけた奴ですよ！」

塚本先生は頷くと、後ろのデリーの二人に声をかける。

「全員で移動すると怪しまれますから先に4階に行ってて下さい。くれぐれも慎重に。我々は、さっきの男を尾行してみます。」

二人はうなずいて階段に向かった。僕と塚本先生は、間隔をあけて、エスカレーターに乗り込む。登っている途中に1階を見下ろす。ビルの中ではあるが、メインストリートとも呼べるような装飾の通りが中野ブロードウェイ1階には続いている。これは商店街の中野サンモールとつながっているような演出なんだろうけど、出窓や装飾のわざとらしさで、昭和のファンシー感がすごい。急に溢れ出すゴージャスなバロックの様式美。異世界感。これは狙ってやったのだろうか。

猫背の男はエスカレーターで上がって、天井に空の絵が描かれた通路を歩いていた。溌剌と歩く。スピードが速い。すぐ横に、まんだらけの店舗があった。男はまんだらけの外置き漫画を熱心に読む数人を追い越して通路を進むと、時計屋を右折して階段を降りた。

「あれ？　塚本先生、あいつ、上がってきたばっかりなのに、もう下りますよ。尾行がバレたかな⁇」

「いや、そんなはずは無いでしょう。かなり距離はとってるし。妙に速歩きで、どちらかと言うと〝決まったコースを歩いている〟みたいに感じませんか？」

「そんな感じがしますね。もうちょっと詰めましょう」

男を追って階段を下りる。だが、すぐにギョッとすることになった。下りた階が上がってきたはずの1階と違うのだ。あからさまに天井が低い。またスパイスの力で何かが起きたのか、知らぬ間にまた異次元空間に飛ばされているのかもしれない。自然と身体に力が入った。

「先生、今、おかしなことになっているのに気づいてますか？　ここ、さっき上がってきた1階じゃない……」

塚本先生は右側の通路を指差す。その先は吹き抜けになっていた。

「ここは2階です。変な作りだけど、さっきのエスカレーターは、いきなり3階まで運ばれたんですね」

スパイスが原因じゃなくて、この建物が異形なのだ。吹き抜けのところまで行くと、確かにさっき上がってきた1階が見えた。なんでこんな構造になったんだろう。

塚本先生が僕を催促する。

「急いで。あの男がいない」

吹き抜けのある通路から時計回りに移動する。小さな店が密集していて、どこかの店に入っているかもしれなかった。店内の様子を伺いながら進む。いない。下がってきた階段側の通路に戻る。突然、塚本先生の足取りが止まる。先を見ると、通路の先で猫背の男がこっちを向いて立っている。僕達を確認すると声を荒げた。

「言ったとおりだった……本当に変な奴らがついてきた！　赤髪様が2階を一周したら、振り返れって教えてくれたんだ！　邪魔するな！　俺たちはカレーが食べたいだけなのに！俺たちは忙しいんだ！」

猫背の男は、それこそ猫のように勢いよく走り出し視界から消える。急いで追ったがその姿はなく、エレベーターがあったが動いていない。階段を見上げると、手すりにチラッと何かが鈍く光って視界から消えた。あれは猫背の銀色の手袋だ。3階だ。階段を駆け上がる。いない。塚本先生がついてくるのを確認してフロアを走る。アニメのセル画を売る店、プラモデル、ゲームカード、コスプレグッズ、レコード店など中野ブロードウェイのイメージを構成する店舗が多いが、意外なことに同じくらい時計店が多い。しかも安い腕時計ではなく資産価値があるような高級腕時計ばかりだ。中野ブロードウェイはサブカル以外の顔も持っているのか。しかし猫背の男の姿はどこにも見当たらない。

一周すると、シャッターが閉まっている店もそれなりにあることがわかった。随分前から入っていないようなテナントもある。このどこかに逃げ込まれたのかもしれない。

「はぁ！　はぁ！　いませんね！　どこかに逃げ込まれたとか⁉」

塚本先生は返事の代わりとばかりに息を吐きながら階段を指差す。4階に向かう猫背の背中をとらえた。くそ！と吐き捨てて、追うようにまた4階まで駆け上がる。

4階は異様な静けさが漂っていた。3階までは客の気配があったが、4階はそれが薄い。数件は店舗として営業をしていそうだがシャッターを閉めている店舗の方が多い。コロナの影響だけでも無さそうだ。まんだらけのオフィスのようなものが目に入る。他にも事務所として機能している場所がいくつかあった。静かだ。自分たちの弾んだ呼吸音だけが聞こえる。このどこかに西田がいるのだろうか。

先に着いているはずのデリースタッフの姿はない。慎重に歩く。空きテナントの中に隠

TAX FREE

れようとしたらシャッターの開閉音でわかるはずだ。居酒屋のような空き店舗もある。しばらく歩くと、急に二次元性のあるかわいい花のキャラクター画が、びっしりとシャッターを覆いだした。六本木ヒルズで見たことがあると思ったら芸術家の村上隆が率いるカイカイキキのショップだった。閉まっている。たしかにここにあるべき店だが、無機質なシャッター街からの花畑は陽気さよりも混沌を醸成している。

廃墟を歩いているようだった。ここはなんだ？　サブカルチャーの中心と言われる、高級時計の店が軒を連ねる、しかし、中野の中心にしてシャッター街でもある。

時代の淘汰に逆らえなかった商売は消えたが、偏愛の集積は残った。それが日本のカルチャー文脈まで携えて返り咲いた場所。それが中野ブロードウェイという場所ではなかったか。

しかし、実態は違うのかもしれない。ここは、ただただ、何もかも吸い込んでしまうんじゃないだろうか、静かに、平等に。そして、純粋な欲望だけが濾されて残る。欲しい物だけが残る場所。西田に聞かれた質問を思い出す。生産性が無いものは悪なのか？　得とは？　の答えが、この近くにある気がした。

さらに奥へと進み左折すると、あの猫背の男がいた、いや、待っていたが、正しい。通路の真ん中に正座をしている。カレーは持っていない。塚本院長は、ゆっくりと諭すように男に話し掛けた。

「カレーはどうしたのですか？　西田さんに渡したんですか？」

「自分の声を忘れたことがあるか？」

「声？　今、声の話はしていません。カレーはどうしたのかと聞いています」

「俺は自分の声を忘れていたんだ、誰とも喋らないから。仕事が無くなってからは、殆ど喋っていない。スーパーで何か買うときも金を渡すだけだ。相手が俺と話すのは嫌だろうから」

猫背の男は目を細める。笑っているのかも知れなかった。

「介護していた母親が死んで家族もいなくなった。本当に一人になった。俺の介護をしてくれるのは誰だろう？　そう考えると怖いんだ。だから、考えないように、ここのゲームセンターに来るようになった。メダル落としゲームをするようになった。色々と忘れることができるから」

埒があかない。僕が詰め寄ると、猫背の男が両手を上げて制止し、続ける。

「赤髪様はな。お願いしたいことがあるって俺に言ったんだ。最初は無視した。あやしいから。でも、あなたの声が聞きたいって言うんだ。声？　何を聞かれているんだ？って思った。だから、なんだって？って聞き返したんだ。そのとき、すごく久しぶりに自分の声を聞いた。本当に久しぶりだ。喋れるんだ、って思った。そしたら、赤髪様が、そんな声だったんですね、なんて言うんだよ。それからだ、赤髪様の為に働こうって思ったのは。今はすごく充実している。カレーも大好きだ。赤髪様はセンスの塊だからさ、俺みたいな奴らが集まっちゃうんだよ」

するると、後ろから、ガガガ！と大きな音がした。振り返ると閉まっていたテナントのシャッターが開いている。中からパンダの仮面を被った男が5人。奥を見ると先に4階に着いていたはずのデリーの二人と田中社長が両手を縛られて捕まっている。

視線を戻すと、猫背の男のまわりにもパンダの仮面を被った男が3人増えている。塚本先生と僕は逃げ場がなくなってしまった。

「形勢逆転だ。いいか、俺達と赤髪様は信頼関係にある。誰かのために働くというのは、とても気持ちのいいことだ。そして、頼りにされるというのは本当に尊い。しかも我々にはカレーがある。メダル落としはもういらない。俺たちには生きがいがある。赤髪様が更生してくれたんだ。カレーの作り手が二人も増えたから、きっと赤髪様も喜んでくれる。で、おまえらはカレーを作れるのか？」

後ろからも、前からも一歩ずつパンダの仮面を被った男達が近づいてくる。猫背の男は銀色の手袋の片方を僕に投げつけた。それが僕の肩に当たって落ちて、それが初めて軍手だとわかった。同時に頭に蘇る。いつか見たテレビでインタビューされていた男を。こいつだ。痩せ型の猫背で、メダルのメッキが付着して銀色の軍手をしていた男。しかし、テレビで見た時とだいぶ印象が違う。こんなに覇気みたいなものは無かった。

「おまえ、話聞いてんのかよ。カレー作れんのかって聞いてんだよ」

猫背の脇にいたパンダ仮面が、僕の胸ぐらを掴む。思ったより力強い。これはやられると思ったその時、猫背の奥から声がした。

「はいー、そこまでー」

通路の左側、パンダ仮面の間から赤い何かがチラッと見えた。それがすぐに髪の色だとわかる。

「いやー、どうも、どうも。しかし、おまえら、本当にすごいね。なんでここがわかったの？　警察も巻いてこれたのにな。塚本くん、これもスパイスの力なわけ？」

「そういうことに、なりますね」

西田はまた、怪鳥のような笑いをいきなり荒げる。

「カカカカッカッカー！　いやー、たまんないね、ほんと。アハハハ、はー、可笑しい。で、何が可笑しいの？　はい、竹中」

脈絡が無くて返事ができない。何も可笑しくないし、笑える状態じゃもちろんなかった。開いた状態の世界で出会った西田と目の前の西田が重なる。

「何が可笑しいか聞いてるんだけど。それにぶん殴られるところを助けてやったのに、お礼もなしなん？」

「おまえがやっていることは犯罪だぞ。誘拐だからな」

「助けてやったんだからお礼にカレー作ってよ。俺が合格って言うまで。ほら、早く。ほら」

「何？　会話になってないぞ。何を言ってるんだ？」

猫背が鼻息を荒くしながら間に入ってくる。

「おまえ、赤髪様がこうおっしゃってるのに、なんだその態度は！　光栄なことじゃないか！　直々に稽古をつけていただけるんだぞ！」

西田が人差し指を上げたままの右手をゆっくりと猫背の顔に近づける。

「そう！　稽古！　間違ってない！　いい！　でも、ちょっと待って！　今、僕はこの男に恐怖を植え付けようとしてるのよ！　まず会話にならない会話ね！　人間って何を答えても否定されると、怖くて動けなくなるんですよ！　さっそくやってみよう！　竹中くんは、ここから無事に帰れると思っていますか⁉」

唾を飲み込みながら精一杯返す。

「すぐに警察が来るぞ」

「質問の答えになってないな、警察は関係ない。質問は、無事に帰れると思っているのか？だ」

「誘拐の上に、暴行なんてしてみろよ。大変なことになるぞ」

「だから、そんな話してねーって、おまえには、二択しかねーんだよ。ここで、俺のために美味しいカレーを作り続けるロボットになるか、鉄パイプでぶん殴られて捨てられちゃうのか、どっちなーん⁉」

選択なんてできるわけがない。僕はニヤニヤしている西田をせめてもの反抗として睨みつける。目つきが癪に障ったか、猫背が僕に向かって、罵声と一緒にまた残った片方の手袋を投げつけた。

西田が右手を頭上に挙げると、パンダの仮面を被った男の中でも一番の巨躯が鉄パイプを持って近づいてきた。鼓動が速くなる。ゆっくりと近づくブーツの足音に鉄パイプを引きずる音が加わる。塚本先生が、やめないかー！　と声を上げるが、同時にパンダ仮面達に押さえつけられる。外野から薄汚い歓声が上がった。僕はたまらず叫んだ。

「わかった！　わかったよ！　おれの負けだ！　おまえの言うことを聞くからもうやめろ！」

潮が引くようにゆっくりと静かになる。全員が西田の答えを待つ。西田は鋭い口角のまま悪どい笑みを浮かべて黙っている。メイクが馴染んでそういう仮面をつけているようだった。表情は固まったままだが、だんだんと目に潤いが増していく。うっすらと涙が浮かんでいるのだった。顔は化粧しているからわかりづらいが、首元は紅色に染まっている。西田から、ふぅーと吐息が漏れる。その時間は数秒だったのかもしれないが、まな板の上にいる僕にはとても長かった。西田の震えた声が静寂を破る。

「やっぱ……おまえバカだな」

西田は目を真っ赤にしながら口角をさらに上げた。興奮しているのが伝わってきた。震えてたのは、笑いを堪えていたからだった。

「フハハハ！　言ったろ！　全部否定するって!!　おまえみたいなバカロボットいらねー

に決まってんだろ！　おまえのカレーなんて食べたくねーよ！　ブアハハハ！」

パンダ仮面の連中が僕を指差して声を上げて笑う。情けなさと不甲斐なさ。暴徒に囲まれながら羞恥が膨張する。西田が僕の右往左往する瞳を覗き込みながらゆっくりと近づいてくる。そして、耳元で囁いた。

「僕があなたの部下だった時、いつもこんな感じだったんですよ。わかってくれた？　そんでね。今日は顔の形が変わるまでボコられないと帰れまテン」

恐怖が僕の全てを覆う。これを絶望というのかもしれない。西田が再び手を挙げると、巨躯が鉄パイプを振り上げた。僕は反射的に両手をクロスするように頭を守った。が、凶行が振り落とされてこない。なんだ？と目を開けると、目の前で鉄パイプが静止している。そして、その真横に綺羅びやかな椅子があった。

西洋風の豪華な椅子。背もたれに紋章の刺繍がされている。ふっくらした座位は真紅のファブリックだ。座る者を包み込む柔らかさが約束されている。脚から手すり、背もたれの縁にかけて繋がるように非常に細かい金の細工が施してあって、すぐさま権威があるものの席であることが理解できた。これは前に見た玉座とは違うが間違いない。

「今日は欧風の玉座から。いやはや、ピンチですね」

やはり、カレーだ。現れた。僕の右側にいる。ただ、前と違って女性の声だ。

「私達に夢中になって殺し合いになるなんて何世紀ぶりでしょうね。もっとも、あの頃は私達を構成するスパイスがもてはやされていた時代でしたけど」

なりふりかまわず僕は叫ぶ。

「助けて下さい！」

「もちろん。私達があなたを選んだんですから。助けますよ。簡単に死なれては困ります。ただ、その前にわかって欲しいんです。あなたがすべきことを。聞きたかったんですよね？期待している、とは何かを」

最初、何を言ってるんだと思った。でも、だんだんと時が止まったままの静寂が僕の焦りを鎮める。

「そ、そうです。聞きたかった。何を僕に期待しているんですか？」

座位が軽く沈んだ。凹みが小さい。目の前のカレーは華奢な身体なのがわかった。

「依存の象徴である赤髪との闘いです。私達はその闘いに期待しています。もうお解りでしょうが、闘いは始まっています。あなたは『永久の一日』から刺激との共存を学びました。赤髪とは真逆の存在です」

玉座のフリルが揺れる。カレーが足を伸ばしたか、足を組み直した。

「赤髪の優秀さはそこにいる銀色の手袋の男で知りました。彼は最近まで毎日ゲームセンターのメダル落としに通っていた人間です。今の時代ではゲームと言えばスマートフォンやオンラインが主流だというのに、古典的なゲームと場所にも依存している稀有なタイプです」

何を伝えたいのか、まるでわからなかった。わからない自分が悪いという気持ちもして、ただ聞くことに徹する。

「私達の目的は、私達に夢中になる人間達を増やすことです。依存派の赤髪は、この猫背男の偏った依存性をメダルゲームから私達に振り向かせることに成功した。自分に傾倒させてから、私達への依存を強めさせているのです。素晴らしい結果ですが、やり方は強引です。だから、歯止めをかけなくてはなりません。それができるのは、あなたです」

ここで前回のように気持ちよく言葉が頭に入ってきていることに気づいた。僕の脳がロジックよりも相手の言葉をかき集めるように理解しようとする。自然と疑問が浮かんだ。解が欲しくて声が出た。

「あなたに夢中になる人間達を増やすというなら、今の西田もあなたの期待に応えていることになりませんか？」

「その理解も間違っていない。喜ばしくもある。でも、極端はよくない。どこかで限界が来る。だから、私達は陰の赤髪と陽のあなたを対決させるのです。ただし、底意地悪く聞こえるかも知れませんが、私達はどちらかにつくということはしません。勝ち負けよりも私達は競争の状態が重要だと捉えています。結局は競争が世界を作りますから。それを拮抗とも言います。これは始まったばかりです。今はまだどちらも生きて下さい。そろそろ時間です」

ここで、ピィー！と笛の音が鳴る。はっと我に返ると、身体中を防具に包んだ機動隊がなだれ込んで来んでくるところだった。笠井さんの姿も見える。猫背の後方からサスマタを持った隊員が3人突っ込んでくる。現場は一瞬で制圧された。次々と西田の部下達はパンダの仮面が剥がされ、床に押さえ付けられていく。巨躯のパンダも鉄パイプを振り回すが、四方から盾をもった隊員に囲まれ逃げ場が無くなり、最後は巨躯のパンダ以上に巨漢の隊員が現れ、あっという間に投げ飛ばされて動かなくなった。僕は腰が抜けて座り込んでしまう。間一髪で助かった。だが、まわりを見回すと西田がいない。

進んできた通路の方に視線を上げると、曲がり角で、赤い何かが見えて、消えた。笠井さんが、僕よりもそれに早く気づいて走り出す。僕もなんとか立ち上がって後を追う。細い通路を右折し、すぐ左に曲がると長い通路に出た。西田の姿を視界に入る。笠井さんが叫んだ。

「西田！　止まれー！」

西田は止まらない。猛然と走る。

「きゃははは！　セェ～ラ～服を！　脱～が～さないでぇー！　ははー！」

西田が階段に差し掛かった時、警官が4人現れた。機動隊とは別の応援だった。西田はすんでのところで、警官達をかわしてまた直進する。左に曲がったらすぐ階段だ。警官が逃げるな！　と叫ぶと同時に、その階段から西田の前に男が飛び出してきた。

「佐々木！」

佐々木と、僕たちの前にいる応援部隊とで西田を挟み撃ちした格好になる。

西田が止まって、子供みたいに地団駄を踏む。

「もう！　なんだよ！　おれは、ただ漫画読みながらカレー食って、ペプシ飲んでゴロゴロしたいだけなんだよー！　クソ！　邪魔すんなよー！」

佐々木がバックから大きなスプレー缶を2つ出して噴射する。西田の弱点になっているデオドラントスプレーだ。しかし、様子がおかしい。悲鳴をあげているのは警察官の方だった。

「ぐあああああー！　目が！」

西田も何が起きたかわかっていないが、佐々木におまえ何者だと言わんばかりの鋭い視線を浴びせる。

「笠井さん、竹中、こっちに来るな。これは催涙スプレーだ。主成分は唐辛子のカプサイシンで西田くんにも、俺にも効かない」

どうなってる？　佐々木が西田を守っている？　笠井さんが近づこうとしたが、ガスの効果が強過ぎて近づけない。

「佐々木！　おまえ！　ゴホゴホ！　なんだよ！　どういうことだ！」

「デリーのカレーを食べて思い出したんですよ。僕は沼尻さんのところにいたことがあるんです。塚本さんともそこで一回だけ会ってる。転職してすぐだった。そこから10年くらいあの空間にいたんだ。そこでの体験が強過ぎて、自分が壊れるのがわかってしまった。だから一切の記憶を消して、あの世界から足を洗ったんだ。でも、またこうしてつながってしまった」

佐々木のカレー力が高い理由は、あの永久の一日だった。思えばズーム飲みの提案をしたのも珍しく佐々木だった。僕達との再会は偶然ではなかったのか？　ここでもカレーが僕達を引き寄せたのか？　さっきカレーがどちらも生きて下さいって言ったのは、きっとここまでを含んでいたんだ。

「おまえ！　西田を助けてどうすんだよ！」

「俺はこの純粋な欲望に付き合いたくなったんだ。俺は確かめたい。刺激に支配された人間が、世の中にどんな影響を与えていくのかが見てみたい。こいつはたった二週間程度で、仲間も作って、こんなことをやらかした。すごいことだよ。永久の一日は、やっぱり一日でしかなかったんだ。点はあっても線で考えることができなかった。だから西田くんの可能性が楽しみでしかたない。俺は狂人と行動を共にしたくなったんだよ」

そういうと、西田の腕を引っ張りながら左の通路に消えた。僕は息を止め催涙ガスにむせる警官達の間を抜ける。急いで後を追うが、佐々木と西田の乗ったエレベーターの扉がゆっくりと閉じるところだった。西田は満面の笑みで細かくこちらに手を振った。

「よくわかんないけどラッキー！　おまえら死ね！　カカカ！」

笠井さんと一緒に階段を駆け下りるが、さらに応援にきた警官達が、僕達を西田の一味と間違えて行く手を阻む。あっという間に僕は警官達に押さえつけられてしまう。違うー！と笠井さんが叫ぶが耳を貸してくれない。さすがの笠井さんも警官が4人もいると動けなかった。塚本先生と開放された田中社長が来てようやく嫌疑を晴らしてくれたが、西田と佐々木は消えた後だった。

僕達は西田の確保に失敗した。

中野警察署に連れて行かれてからが長かった。笠井さん、塚本先生、僕はそれぞれ別室が用意され事情聴取が続いた。何を話しても信じてもらえない。でも、そりゃそうだ。スパイスで引き寄せられたとか、佐々木がカレーで過去の記憶を覚醒させたとか、新宿に実はミッドタウンがあるとか、そんな話が通じるわけがない。刑事も怪しさ半分、呆れ半分で聞いている。帰宅を諦めていたが、午前2時をまわるころに急に帰宅してもいいということになった。

なぜ？と廊下に出ると、笠井さんも塚本先生もいた。さらに奥には田中社長と見知らぬスーツ姿の外国人が1人。国籍は不明だが、顔立ちや肌の色からするとおそらくインド人か。身体が大きく、軍人のような冷たさと威厳をまとっていた。田中社長が一歩前に出る。

「こんな時間までかかってしまったね。この度はありがとう。おかげで助かりました。ここは、もう大丈夫です。ちょっと新宿ミッドタウン界隈のコネでね。我々はこの件について一切不問になった。あっ、クシャーンさん、もう大丈夫です。こんな夜中まで本当に申し訳ない。会長に宜しくお伝え下さい」

身なりのいいインド人は深々と、ゆっくりと頭を下げて帰っていった。警察から一切を不問にさせちゃうコネってなんだ？　会長って誰？と疑問が次から次へ浮かんだが疲れすぎて聞く気が失せた。精一杯感謝だけ伝える。

「ありがとうございます。田中さんもお怪我も無くて良かったです」

「おかげ様ですよ。お礼という訳でも無いですが受け取っていただきたいものがあります。笠井さんにはもうお渡ししました」

田中社長が差し出したものは黄色いカード。そうだ、最初はこのために動いていたんだ。

「この経験があってか、竹中さんと笠井さんには、我々と混ざる未来に光を感じるようになりました。淡く美しい緑色を感じます」

笠井さんが力なく壁にもたれかかりながらつぶやく。

「今日は散々だったけど、最後の最後で報われた、のかな？」

笠井さんも塚本先生も笑顔を見せるが疲れ切っていた。

「西田さんは患者であり、貴重なサンプルでもあるんだ。見つけ出さないと」

田中社長が塚本先生の肩を叩く。

「これは残念なニュースですが佐々木さんと西田さんの相性は非常にいい。二人は濃い紅色になっていた。発色も良かった。これからは警戒が必要だと思います。彼等は、また事件を起こすでしょう。私達も注意しないと。でも、とりあえず今日は帰りましょう。タクシーは呼んであります」

警察署を出ると新聞配達のバイクが向かいのマンションに停まった。緊急事態宣言の規制が緩和されても深夜営業には制限がある。朝まで飲むなんてことが無くなっていたから、朝刊を配る配達員が随分新鮮に映った。

西田と次に会うのはいつだろう。あいつとの接触を避けることができないのも、もうわかっている。どういうわけか僕は西田と引き合っているのだ。中野ブロードウェイで鉄パイプを振り落とされそうになった時の静止した世界を思い出す。僕はカレーから宿命を受け取った。赤髪の誕生に加担してしまった僕は、それと徹底的に闘うという運命を背負っている。

でも、そんなに難しく考える必要もないと思った。やるか、やられるかなら、やるだけだ。カレーは競争により拮抗した状態を望むと言ったが、正直なところ、わかるようでわからない。だって、結局は勝負なのだ。最後は勝つか、負けるか以外に何があるというのか。

西田が依存の象徴なのであれば、僕は距離の象徴になったのかもしれない。僕達の衝突は依存と距離との闘い。

僕は準備してもらったタクシーに乗り込んで、目黒方面へ向かって下さいと伝える。明日は仮病を使って会社を休むつもりだ。コロナの疑いがあると言えば誰も文句は言わないだろう。

僕は西田の幸せをちゃんと知っておく必要があると思った。

明日は家にある本を古本屋で売って、その金で古本の漫画を買う。帰りに松屋でカレーの大盛りとコンビニでカラムーチョとコーラを買って、家で一日中ゴロゴロしながら漫画を読む、そう決めた。西田が知っていた生産性では片付けられない幸せを味わうためにきっと、そういうことを知らないと僕は西田に敵わないのだ。

途中でタクシーが道を間違えた。大変申し訳ございません、と仰々しく謝られたので、別に急いでないんで大丈夫ですよ、と返した。

【株式会社デリー 各店舗情報】

〈カレー料理専門店　デリー上野店〉

住　　所　東京都文京区湯島3-42-2
最 寄 駅　千代田線「湯島駅」より徒歩3分
T　E　L　03-3831-7311
営業時間　11:50〜21:30（L.O）
定 休 日　無休 ※年末年始休業あり

〈インド・パキスタン料理専門店　デリー銀座店〉

住　　所　東京都中央区銀座6-3-11 西銀座ビル3F
最 寄 駅　地下鉄「銀座駅」C2出口より徒歩5分
T　E　L　03-3571-7895
営業時間　11:30〜21:30（L.O）（土日祝は11:50〜）
ランチタイム　11:30〜15:00
定 休 日　無休 ※年末年始休業あり

〈都心の小さな町工場　atelier《アトリエ》 DELHI《デリー》〉

住　　所　東京都文京区湯島 3-37-10 五光太田ビル 1F
最 寄 駅　千代田線「湯島駅」より徒歩3分
T　E　L　03-5817-8045
営業時間　金・土 11:30〜無くなり次第終了※16時頃閉店が多い
定 休 日　月曜〜木曜・日曜（火曜〜木曜は店内を工房として使用）

※アトリエデリーは、営業時間・定休日が記載と異なる場合がございますので、ご来店時は事前にご確認をお願いします。

※デリー東京ミッドタウン店は閉店しております。

※デリー新宿ミッドタウン店は新宿ミッドタウンが定めるカレー力の規定値を超えていること、かつ、デリー田中社長から「会員証」をもらえた方のみ入店可。

エピローグ

ガラムマサラって聞いたことあるでしょうか？　スパイスの名前ではありますが、単体のスパイスではなく、インドのミックススパイスのことを指します。日本でいう七味唐辛子みたいなものですね。大体7種から15種くらいのスパイスで構成されています。辛味を出すよりも、より複雑で美味しい香りづけをするために使われることが多いです。

構成には厳密なルールはありません。基本のスパイスとしてシナモン、クローブ、ナツメグという3種のスパイスが入っていれば、その他のスパイスが違っていてもガラムマサラという呼称で問題ないとされています。

だから、地域や家庭によって、その配合は違うものになります。僕が調べた限りではターメリックが入ることは殆ど無いようでしたが、本当にそれくらいで、非常にゆるいルールの上で成り立っているのがガラムマサラだと言えそうです。この最後につく「マサラ」という言葉は、さまざまな粉状のスパイスを混ぜ合わせたもの、と名詞のように訳されることが多いですが、その語源には「混ぜる」という意味があるそうです。

マサラ。混ぜる。

非常にカレーらしい言葉だと思います。

混ぜることは冒険です。
美味しくなるかもしれないが、不味くなるかもしれない。
発展につながるかもしれないが、破壊につながるかもしれない。
リスクがあります。
しかし、やはり、どうなるかわからないから、たのしい。
結果から余白が生まれ続ける。
カレーの意思は今日も伝播し、広がっています。
その変化の音は止むことを知りません。
世界のグラデーションのどこかで、また新しいカレーが生まれています。
カレーに選ばれた僕は、そして、西田は、とうとう混ざり始めました。
二人の対峙は続きます。

タケナカリー

カレー活動家／スパイス料理研究家
株式会社Chace The Curry代表。カレーやスパイスに関わる商品企画、レシピ開発、コンテンツ制作、執筆などを手掛ける。好きな概念はカレー。
Podcast「カレー三兄弟のもぐもぐ自由研究」を配信中。カレー三兄弟の三男としてMC・番組構成を担当。

少し不思議なカレーの物語

二〇二三年 九 月三〇日　初版発行
二〇二三年一〇月二八日　初版第二刷発行

著　者　タケナカリー
発行者　柳下恭平
発行元　株式会社鷗来堂
　〒一六二－〇八〇五
　東京都新宿区矢来町一二六 NITTOビル
　電話 〇三－五二二八－三二二二
装　丁　橋本太郎
編　集　柳下恭平
撮　影　藤原慶
モデル　平山直子

撮影協力　代官山 ハブモアカレー
印刷製本　株式会社 イニュニック

ISBN978-4-9913359-0-7